梦中的绿草地

谢向东 著

北京日报出版社

图书在版编目（CIP）数据

梦中的绿草地 / 谢向东著. -- 北京：北京日报出版社，2023.1（2024.2重印）
（新时代散文）
ISBN 978-7-5477-4301-0

Ⅰ. ①梦… Ⅱ. ①谢… Ⅲ. ①散文集－中国－当代 Ⅳ. ①I267

中国版本图书馆 CIP 数据核字（2022）第 078482 号

梦中的绿草地

出版发行：北京日报出版社
地　　址：北京市东城区东单三条8-16号东方广场东配楼四层
邮政编码：100005
电　　话：发行部：（010）65255876
　　　　　总编室：（010）65252135
印　　刷：三河市嵩川印刷有限公司
经　　销：各地新华书店
版　　次：2023年1月第1版
　　　　　2024年2月第2次印刷
开　　本：787毫米×1092毫米　1/16
印　　张：12
字　　数：196千字
定　　价：38.00元

版权所有，侵权必究，未经许可，不得转载

序

十五六年前，由于工作需要，我义无反顾地从条件不错的钦州市中级人民法院来到钦南区工作，母亲是最支持我的。正是有了母亲的支持，在条件艰苦的基层（包括后来我担任书记的东场镇，也是亦然），为了工作我竭尽全力，也做出了一点小小的成绩。这是令人欣慰的。但同时，忽略了对年迈母亲的照顾，好在我尊敬的兄长、姐姐、姐夫（已在2021年9月2日不幸病逝）合力照顾母亲，才使母亲渡过一个又一个难关。然而，天意弄人，2019年7月30日，我慈祥的母亲，在医院永远合上了双眼，那天，当我看到大哥将我买给母亲的轮椅从医院推了回去，我不争气的泪水夺眶而出，我知道我将永远失去疼爱我的善良的母亲。从那一刻起，我一直想为母亲写几行文字，缅怀一下母亲，但是，每次提笔，心中纵有千言万语也无法表达出来。每次都是泪眼蒙眬，心中真的很痛！但泪水是无法挽回母亲的生命的。因此，我希望有朝一日将悼念母亲的小文编辑成一本书，书名就叫《梦中的绿草地》。母爱，是人世间至善至美的伟大的爱，我将对母亲的怀念融入我的文字。这次在编辑此书过程中，有缘得到众多朋友的鼓励、支持和帮助，才使这本拙作得以付梓。在此一并感谢！

此本拙作，除了抒写母爱和亲情之外，对我的恩师蔡旭、李发模、杨克、蒋开儒、宋青松、田景丰等人也表达感恩之情，"如歌行板"这辑大都是在恩师蔡旭的鼓励和支持下写的，最后一辑是对部分老师、文友的佳作赏析的篇章，一并收入拙作。希望各位老师、文友多多指正！谢谢大家！

是为序！

2022年7月16日

目 录

第一辑 生命花园

- 002 - 父亲二十年祭
- 004 - 牵着母亲的手
- 005 - 谢家有女初长成
- 006 - 十五的月亮十六圆
- 007 - 母爱无边
- 011 - 慈母手中线
- 013 - 母亲像皓月
- 014 - 有一种爱叫父爱如山
- 015 - 有一种爱叫母爱无边
- 016 - 缅怀敬爱的母亲
- 018 - 有一种爱叫手足情深
- 019 - 男子汉：爱与责任
- 020 - 有一种爱叫夫妻同心
- 021 - 人生宛如一盘棋
- 022 - 人生乃一场漫长的等待
- 023 - 人生不过一颗星
- 024 - 人生不过一场戏
- 025 - 如诗如梦的江河
- 027 - 粽子飘香过大年
- 029 - 神奇的八寨沟

030	-	精美的石头会"唱歌"
032	-	金秋十月，奔向诗的远方
036	-	坚强乃人生的磐石
037	-	生命的花园
041	-	诗之缘
042	-	著作等身的恩师
043	-	多才多艺的青松老师
045	-	亦师亦友的景丰兄
046	-	诚信乃立身之本
047	-	分享朋友的喜悦
048	-	将心比心，推己及人
049	-	诗人的"急"与诗评老师的"善"
051	-	寒露时节话寒露
052	-	从秋天进入冬天的状态
055	-	敲响新年的钟声
056	-	大年初四值班
057	-	六六大顺，风调雨顺
058	-	春日随想
059	-	永远的"狗不理"
060	-	入夏，做一个努力的人
062	-	三段缘分三段情
064	-	名利之外
065	-	弥足珍贵，失而复得
066	-	大年初九，祝福久久
067	-	白露感怀
068	-	关于感恩
070	-	大雪正是读诗时

目 录

071 - 冬日随想

072 - 文学改变了我

074 - 我的2020年

076 - 不惧过去,不畏将来

077 - 闲话小雪

080 - 人生不易,学会坚持

081 - 五福临门　笑迎春光

第二辑　如歌行板

084 - 百年会馆

084 - 平南古渡

085 - 老街钟楼

085 - 文峰卓笔

086 - 天涯亭

086 - 黄　线

087 - 辅　道

087 - 任　性

088 - 咏物五题

090 - 海边三题

091 - 状元楼

093 - 状元墙(外二章)

094 - 龙城的红马甲

095 - 向日葵

095 - 缘

096 - 谁在敲门

096 - 棋

096 - 致婵娟

- 097 - 初恋之夜
- 097 - 初恋与失恋
- 098 - 轻轻叩门的黄昏或清晨
- 099 - 冬日情绪
- 101 - 今生我认定了你
- 101 - 梦中的倩影
- 102 - 假　若
- 102 - 生命的琴声
- 103 - 弦外音（二章）
- 103 - 相　逢
- 104 - 致　梦
- 104 - 伤心的你我
- 105 - 祈　望
- 105 - 寻觅爱之源
- 106 - 伤　别
- 106 - 无望的等待
- 107 - 致圆月
- 107 - 中秋的思念
- 108 - 致远方的梅
- 109 - 再致远方的梅
- 109 - 无花果
- 110 - 永远的冰洁
- 111 - 白舞鞋
- 111 - 爱在深秋
- 112 - 梦中的绿草地
- 112 - 春日偶拾
- 113 - 风雨如磐的夜晚

目 录

114 - 孤寂的相思

114 - 岁月带不走思念

115 - 漂泊的红帆

115 - 生命的呼唤

116 - 春日絮语

116 - 来自心灵的血缘

117 - 忧郁的情丝

117 - 小花篮

118 - 杨柳青青，杨柳依依

118 - 短笺一束

119 - 最后的夏日玫瑰

119 - 无题变奏

120 - 雪

120 - 爱笑的云

121 - 冷月如霜

121 - 今夜的月光

122 - 三月的脚步

122 - 那区那人（二章）

124 - 喜迎双节（外二章）

125 - 梅　花

126 - "柚"见村庄

126 - 距　离

127 - 斑马线

127 - 栅　栏

128 - 小　窗

129 - 老照片

129 - 写作捷径

130 - 七夕情思

130 - 微　笑

131 - 花落的声音

131 - 雨　声

132 - 翅　膀

133 - 我与龙城有缘

133 - 深圳，生日快乐

134 - 深秋的玫瑰

135 - 开海节

136 - 响亮的口号

136 - 每一季风景

137 - 大海的精灵（三章）

139 - 红　柳

140 - 松　柏

140 - 瀑　布

141 - 状元村

142 - 状元楼前

142 - 谁　说

143 - 福溪村

143 - 那年那月那天（组章）

145 - 古道（外二章）

147 - 秋　千

148 - 舞　台

149 - 状元村（五章）

151 - 宇宙诗人

151 - 诗评家

152 - 孺子牛（外二章）

目 录

154 - 春运（外三章）

第二辑 佳作赏析

158 - 张帆《才下眉头又上心头》序
159 - 程全明《我的母亲》序
162 - 《兰苑文学最美爱情诗》序
163 - 《永远的白海豚》浅赏
164 - 读蔡旭散文诗集《保持微笑》
165 - 读庞白散文诗集《唯有山川可以告诉》
167 - 读李钢源诗集《心扉》
168 - 《印象钦州》读后
170 - 读邱桂丽散文集《落雪无声》
171 - 读成伟光作品集《红月亮》
173 - 读《虎将刘永福》：虎虎生威

第一辑

生命花园

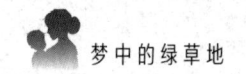

父亲二十年祭

二十年前的今天（10月9日）上午八时许，在防城港市第一人民医院住院的父亲永远合上了慈祥的双眼，我抚摸在父亲的心窝上的手，感受到父亲的最后一次心跳。坚强的我，禁不住失声痛哭。

父亲是一个"红小鬼"，他十五六岁便跟着我六公参加革命，上山打游击。在艰苦的岁月里，父亲作战勇敢，思想积极向上，为革命做出了应有的贡献。中华人民共和国成立后，组织为进一步发挥父亲的特长，将他送到广州一所大学深造。父亲大学毕业后，参加了工作，成为一名工程师。对组织的培养，父亲一直心存感激。为了报答组织，不管多苦多累的活儿，父亲都抢着干。或许是在广州深造的缘故，父亲的厨艺很好，能做一手好菜。这对于先天不足的我来说，的确是不幸中的万幸。父亲变着法儿做一些味道不错的好菜给我吃，既经济，又有营养。我从小就敬佩父亲。在我的心目中，父亲就像一棵顶天立地的大树，为儿女们遮风挡雨。

父亲对人和气，为人正直，总喜欢帮助别人。因此，单位的同事、周边的邻居与父亲相处得都很和谐，彼此之间关系都很好。

尽管这样，父亲还是被下放到"五七干校"，进行劳动改造。父亲虽然是知识分子，但他是在农村长大的，农活自然也难不住他。只是，农村条件十分艰苦，有一次父亲不慎病倒了，在县城医院住院。我负责去为父亲送饭，父亲胃口不好，但他最喜欢吃当地人做的水糕，是用米粉磨成的，很细腻，很可口。父亲住院期间，大多是吃水糕，由于怕我饿，每次父亲都省下一部分给我吃。从小小的水糕中，我深深感受到了父亲对我的爱。

父亲在农村劳动，因此也结识一些农民朋友。那些农民朋友很尊重父亲，在生活中也十分关照父亲，自然而然大家便成了朋友。后来，父亲结束了劳动改造，回城了。那些朋友一有空便进城去探望父亲，父亲心里十分高兴，每次有客人来，父亲都亲自下厨，炒上几个好菜和农民朋友吃饭。农民朋友喜欢喝酒，父亲虽然不胜酒力，但是每次父亲都陪着喝一小杯，让大家尽兴。父亲是一个喝一口酒就脸红的人，他笑着说，这样子嘛是不能偷饮的。听罢父亲的话，大家都笑了。在朋友中，有一个姓陈名英明的伯伯，父亲让我叫他英明伯。英明伯很尊敬父亲，来的次数也很多，尽管我们家很穷，但父亲每次都尽地主之谊招待好。英明伯吃饱喝好之后，父亲还常常送一些当地的土特产给英明伯，让他改善一家的伙食。

1979年春，我们全家从东兴搬到防城，父亲特意将院子里的一棵树从东兴带过去，种在窗户边，后来长成了参天大树。

树长高了，儿女也长大了。父亲、母亲也慢慢老了。

我发觉，每次回家探望二老，父亲总是笑呵呵的。但是，当短暂的假期结束，我即将要回单位上班时，父亲总是说："不用担心我们。好好工作！"而当我转身后，父亲总是悄悄擦去眼泪。那时，我多想时光停住，让我多陪陪父亲啊！

2000年年初，组织借调我到南宁工作，距离父母更远了。父亲还是笑着说："不用担心我们。照顾好自己，好好工作！"然后又是悄悄地擦泪。知子莫若父，知父莫若子啊！自古忠孝难两全，真的是没有办法呀！

时间到了五六月，突然发现父亲消瘦得很厉害，我陪父亲到医院检查，真的是晴天霹雳，父亲居然得了绝症。我与哥哥商量，立即让父亲住院，且先瞒着父亲，不让他知道病情。与时间赛跑，转了几家医院，但是，父亲的病却一天比一天重。父亲的生命进入了倒计时。

遵从父亲的心愿，将父亲送回家乡的医院。我在南宁工作，每个周末回家不眠不休地陪父亲，到了周日又依依不舍地返回南宁。

2000年9月30日，我从南宁搭快巴回家乡，到了医院，父亲已经处于病危状态，我坚守在父亲身边，十天十夜不敢合眼，生怕一不小心便会失去父亲。但是，天意弄人。10月9日上午八时，父亲还是永远合上了他慈祥的双眼。我哭着叫着，但是无法唤醒我亲爱的父亲。

当天带着悲伤的心情，我护送父亲回老家，并在亲人们的帮助下，安葬了父亲。从此，父子之间天人相隔。我们只有在梦中才能相见。

二十年了，我无时无刻不在思念父亲。二十年了，父亲高大的形象常常出现在眼前。二十年了，我还是不愿相信父亲已经永远离开了我们。那个生我、

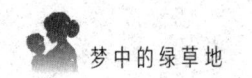

养我、教我的父亲，那个乐观、正直、开朗的父亲，那个助人为乐、与农民朋友亲如一家的父亲，您，永远活在儿女们心中！

牵着母亲的手

母亲的手，是冰凉冰凉的，那是因为母亲年迈，血液循环不佳；母亲的手，是柔软的，像母亲善良温柔的性格。

我从小就是牵着母亲的手长大的，不管白天黑夜，还是人潮涌动，还是置身偏僻的野外，只要牵着母亲的手，我的心里就是踏实的。

母亲从小没有机会进学校念书，因而斗大的字不认识一个。这或许是母亲一生中最大的遗憾。

但母亲却是聪慧的，如果用四个字来形容母亲，那就是"心灵手巧"！

母亲的手小小的，但巴掌却是厚厚的，像母亲的性格一样憨厚。母亲的手小巧而玲珑，绝对称得上是一双巧手。没有文化的母亲会使用缝纫机，会做针线活儿，会洗衣做饭，母亲还有一个绝活儿——包粽子，逢年过节，就是母亲大显身手的时候。母亲包的粽子结实，不仅样子好看，而且色香味俱全。过年的时候，我们兄妹几个最喜欢围在母亲身边，看母亲包粽子时悠然自得十分享受的样子，我们兄妹几个完全受到母亲的感染，欢喜地和父母一起过大年。

我大学毕业后到外地工作，每次回家度过短暂的快乐时光，即将要返回单位时，我总是恋恋不舍地拉着母亲的手。

这个时候细心的我突然发觉母亲曾经白皙细腻的手，不知什么时候被岁月留下许多又粗又硬的块块。但是在我心目中，母亲的手永远都是世界上最美的！

我牵着母亲的手，走过了春夏，走过了秋冬。一转眼几十年过去了，我自己也长大成人，成家立业。

自从十年前的一个秋天，母亲不幸患上脑梗之后，每次回家探望母亲，我牵着母亲的手，一步一步从房间走出来，这场景像极了母亲在我小时候教我蹒跚学步，不同的是当时是母亲守护着我，而今却是我守护着母亲。走着走着，七尺男儿的我，禁不住也要泪流满脸……

而今，母亲已经离开我们两年多了，到了另一个世界。

我仍然常常在梦中牵着母亲的手，那手依旧是冰凉冰凉又有点柔软的……

谢家有女初长成

2021年小雪的前两天，小女冰玲终于出嫁了。当冰玲穿着一身洁白的婚纱在她爱人小谭的挽拥之中，缓缓走向婚礼舞台，台下众亲的掌声如雷鸣一般响起时，她幸福地笑了，露出一排洁白整齐的牙齿。作为冰玲的父亲目睹这一切，我激动得热泪盈眶，那是一个父亲幸福的泪水、自豪的泪水、感动的泪水……

本来女儿与女婿两年前就办理了婚姻登记手续，小两口早就商量择期举办婚礼，但是当时恰好遇到新冠疫情，加上女儿当时要日夜值守，作为一名普通的党员，女儿一心扑在工作上，舍小家为大家。女儿为了工作推迟婚礼，感动了不少人，当时《防城港日报》专门以《最美的待嫁新娘》为题，报道了女儿的事迹。我作为父亲十分支持女儿的决定。就这样，女儿的婚礼便一拖再拖，直到两年后的今天才如她所愿。

这次婚礼，女儿一切从简，没有太多花里胡哨的排场，没有豪华车队的迎送，一辆车将她送到酒店提供的临时房间，然后在她的爱人和伴郎、伴娘的陪护下，自己走了过来。这一刻我觉得女儿长大了，她是值得我自豪和骄傲的女儿。我为拥有这样的女儿而感动。

在我邀请的为数不多的参加女儿婚礼的亲朋好友中，有两个人令我十分感动，那便是家斌及其夫人。家斌是我多年的文学好友，大家都挚爱文学，志趣相投，20世纪90年代初我们一起创办沿海地区的一家文学社——浪花文学社，我们决心像浪花一样奔腾，永远为生活歌唱，共同的三观使我们成为几十年的好友。这次得知女儿喜结良缘，家斌及其夫人表示一定要过来祝贺！果不其然，婚礼那天，家斌及其夫人从珠海驱车千里，风尘仆仆来到钦州，参加女儿的婚礼，这份情义令人感动！

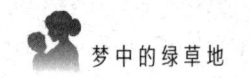

另外，文友何石兄弟从湖南长沙专门过来，参加女儿婚礼，也令我们十分感动！

今天女儿长大了，在父亲的心中，女儿是全世界最美丽的新娘！我的耳畔还回响着女婿那句令我心潮澎湃的誓言："老婆，我爱你！"

作为父亲，我十分欣赏女婿，男人就是要有担当，要敢爱，勇于做家庭和社会的脊梁！

借此，我想在文末再次感谢所有亲朋好友的捧场，再次祝福女儿、女婿幸福，执子之手，与子偕老！

哦，谢家有女初长成，女儿今天出嫁了。我的心里充满幸福和祝福！

十五的月亮十六圆

今晚的月亮似乎有点特别。专家称，中秋节恰好遇到国庆节，在21世纪仅有四次，第一次出现在2001年，记得那晚的月亮又大又亮，洒了一地的银辉。但是，对于我来说，是第一次觉得冷清，因为，我亲爱的父亲在一年前的国庆节后不幸离世，失父之痛，痛彻心扉。尤其是第一次缺了父亲一起分享月饼和圆月，那种痛是锥心之痛。但是，我们仍小心翼翼地呵护这种心情，因为，我们要陪伴好母亲，让她老人家不觉得孤单。

父亲走后的每个中秋节，不管多忙，也不管路程多么遥远，我都会想方设法回到母亲身边。母亲喜欢吃月饼，但是她血糖高，为了满足母亲的心愿，我尽量挑选一些低糖月饼，让母亲也能尝尝月饼的味道。一转眼又过去了二十年。

2019年7月30日离中秋节还有一段日子，前一天我下乡扶贫，就在7月29日那天，母亲因为不慎摔跤住进了医院，30日我特地请假赶回家乡防城，因为母亲病情危重，已经被送进重症监护室抢救。在监护室门口，我合起双掌祈祷上苍保佑我的母亲能够渡过此劫，转危为安。只可惜，天不遂人愿。约中午时分，母亲离开了人间。2019年的中秋节，我因为痛失母亲第一次忘记月亮究竟是什么样的，第一次连一口月饼也没吃，内心是一阵阵的悲伤。

十九年后，21世纪第二个双节到来。恰巧那天我值班，怀着对父母及亲人的思念，我写了组章《那年那月那天》，主编唐艳玉老师在她的平台"唐韵音画"上刊发，主播老师燕子深情演绎，令人感动。今年的中秋节之夜，天气有些反常，当天夜里不仅看不到月亮，天空中还飘洒着一阵阵秋雨，我的心里有点潮湿，思念父母的心情，有如潮水般涌动。我仰天长叹了一声：爸爸、妈妈，要是你们还活着，那该有多好啊！

10月2日，依然是我值班，继续以工作的状态为祖国庆生，到了晚上，我终于完成了任务。走到阳台一看，哦，又大又圆的月亮就挂在窗边，将一缕缕清辉洒向人间。仰望天上的月亮，我真真切切感受到月亮的温柔。俗话说得好，十五的月亮十六圆。虽然迟到了一个晚上，但是可以看到今晚的圆月，真诚、饱满、真挚，楚楚动人。记得一个诗人说过："一轮秋月一份念／一份思念一份缘"。我特别相信"缘"字，芸芸众生，许许多多素不相识的人凭着一个"缘"字，从此相遇、相识、相知，甚至相爱、相守，正应了那句话：相遇是缘，相识是分，相知是情，相爱是福，相守是暖。既然有缘相遇就要好好珍惜。我忽然想到两年前在"彩云之南"（云南）认识的小黄一家人，他们在武汉，在疫情严峻时，我与小黄一家人都保持着联系，互相打气鼓励，共克时艰。小黄说，他们已经转危为安，生意也恢复了，欢迎我方便时再去武汉看看。我欣然答应了。真的，我真的想到武汉这座英雄的城市去看看，尤其是想去看看黄鹤楼顶上那轮特别明亮的月亮。

哦，十五的月亮十六圆！

母爱无边

世界上有一种爱，无私无畏，纯洁无瑕，那就是母亲对儿女的爱，简称"母爱"。

世界上有一种爱，似阳光，温暖心田，似皎月，涤荡心扉，那就是母爱。

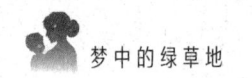

母爱，是人世间最伟大的爱，一个个瞬间、一件件常事，构成母亲伟大的爱。

母爱，是人世间最无私的爱。天地间，唯有母亲只讲付出而不求回报；天地间，只有母亲的笑容最灿烂，只有母亲的笑脸最好看；天地间，只有母亲的泪水最感人、最纯净；天地间，只有母亲的怀抱最温暖、最令人难以忘怀。

我的母亲名叫钟恒珍，生于1930年，是广西防城港市防城区大箓镇那蕾村人。母亲家庭贫困，因此从小就不能上学读书，是一个文盲。但是，母亲心地善良，手脚勤快，是一个典型的贤妻良母。

一

我，出生在12月。出生地是广西东兴市。12月是寒冷的季节。

尽管在南方，但海边的风还是很猛烈的。一旦有点什么动静，便树欲静而风不止，呼呼的寒风，绝对不是吹的，让人感觉冷彻心扉。面对我这个初生幼苗，在艰难的生长环境里，我的母亲想尽办法来照顾我。由于家里贫穷，母亲刚刚出月子就要里外外操劳，除了煮饭、养猪、种菜、上山砍柴，还到河边帮人担沙子上岸。虽然河岸不是很高，只有二三十米，但是，每担一百多斤的沙子，对母亲来说也是一种沉重的负担。

艰苦的生活就是这样磨炼着母亲，日复一日，年复一年。

清清的北仑河水，见证了母亲生活的艰难，见证了母亲为养活家人所付出的艰辛。

二

时光匆匆，日子就这样一页页翻了过去。

日复一日，重压之下，母亲的肩膀磨起了疙瘩，母亲曾经挺拔的腰身，被压弯变了形。后来不幸落下了病根。

但是，母亲从来没有叫过一声苦，母亲从来没有在儿女面前掉过一滴泪。母亲咬紧牙关坚持着。母亲就是这样默默承受着生命之重。

每天，母亲很早便起来做早餐。

每天，母亲走路的脚步声都很轻，生怕发出响声吵醒儿女们的梦。

每天，母亲辛勤劳作至夜深人静。

为了给先天不足的我补充营养，母亲每天都要特意为我制作一碗鸡蛋粥。母亲从父亲那里也学会了许多东西，尽管母亲没有文化，但是母亲善良聪慧，做的鸡蛋粥香喷喷的。母亲的话，儿女们都记在心上。

我从小对母亲就很敬重，也很孝顺。或许是穷人家的孩子早懂事的缘故吧。

我心中永远牢记母亲的教诲，"做人一定要善良和正直""黄金不比黑金贵""山外有山，人外有人"。

在父母阳光雨露的滋润下，我茁壮成长。我自己也算争气，学生时代一直担任班长，由于努力学习，多年来我一直成绩优异，老师和同学都很喜欢我。

母亲的心，十分欣慰。母亲笑起来的样子，真好看！

三

我，在美丽的柳江边读书。

毕业后，我被分配到英雄的故乡钦州，那是民族英雄刘永福、冯子材生活过的地方。那里有一条清澈的河流叫钦州江，那里养育了许多善良的人民。

但是，当时条件不好，尽管两地相距不足一百公里，但交通十分不便，探望母亲来回一次要一两天。

母亲为了不让我分心，常常安慰我安心工作：父母安好，不用担心！

母亲，给了我生命；母亲，将我培养成人。善良的母亲，教会我独立前行；母亲的倔强，注入了我的血脉。从小到大，我学到了母亲不屈的性格，在困难面前，从来不会低头，也不轻易在别人面前流泪。

四

那一年（2000年）国庆节前夕，我乘坐快巴赶回家乡，父亲已经在当地医院住院三个月，由于发现得迟，父亲的生命进入了倒计时。我咬紧牙关，在母亲面前发誓，一定努力拯救父亲的生命。从小父亲就爱我，父子情深，父亲给了我生命，教给我许多为人处世的道理，我们父子之间的许多故事，感天动地。在多篇文章中，我也做了表达。

生命是坚强的，然而有时也很脆弱。

尽管我不眠不休坚守了父亲十天十夜，生理也到了极限，但还是没能抢回父亲宝贵的生命。慈祥的父亲，还是合上了双眼，依依不舍地离开了人间。

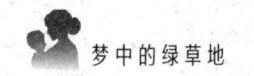

那一刻，我的手按在父亲的心窝上，感受到父亲的最后一次心跳。那一刻，我终于抑制不住内心的痛苦，失声痛哭。

母亲不哭，但是母亲的痛，做儿女的都能够感受得到。不在儿女面前流泪，这便是我伟大而善良的母亲。

父爱如山，父亲顶天立地，这个家有父亲撑着，儿女们不用操心。儿女们享受着家庭的天伦之乐。

十九年前，父亲走了，母亲接过父亲大爱的接力棒，担起整个家庭沉甸甸的责任。

有一年，我饱含深情地写了一组诗《生命的花园》，之一是献给去世的父亲，之二是献给慈爱的母亲，之三是献给如诗的爱人。"环宇之声"平台总编西北汉老师对此做了深情演绎，感动了许许多多善良的人。

五

有一年，组织交给我一个任务，策划拍摄宣传本地飞速发展的歌曲《北部湾》，一切非常顺利。突然，我接到家乡姐姐的电话："母亲不慎摔跤，伤势严重，已经住进了医院。"我马上布置好后续工作，飞快赶回家乡，母亲的头部还在流血，因为流血太多，嘴唇苍白，但坚强的母亲忍着痛，没有发出一声呻吟，我被母亲的勇敢、坚强深深感动。那一次，母亲创造了奇迹，很快康复出院。

为了让家里生活好一点，母亲总是辛勤劳作，种菜、养鸡，每天都忙得团团转。对于儿女们，母亲总是千叮嘱万交代要照顾好自己，做好工作，报答党恩，不用担心她。

这便是无私无畏的母亲。

父亲不幸离开人世十九年，母亲坚强地陪着儿女十九年，无怨无悔。

六

2019年7月29日，我下乡扶贫，忽然接到哥哥从防城打来的电话称母亲摔倒住院，让我抽空回家乡探望。7月30日我请假赶回了家乡，但是母亲已经在医院重症监护室抢救，直到母亲离开人世，我都没能再跟母亲说最后一句话。这是我生命中最大的遗憾。

母亲已经去世一年多了，一切只能依靠追思。尤其是今年（2020年），国庆节和中秋节是同一天，要是父母均在多好啊！一家人可以团圆，可以度过这欢乐祥和的双节。

但是，这只是一种美好的愿景，是无法实现的愿望。

有一句话说得有道理：子欲养而亲不待。

对于父母，我是十分有愧的。因为，自己未能为活着的父亲写过一首诗（枉称诗人），未能为父母过一个完整的生日，工作后未能在父母身边待上一个星期。每每想到这些，不禁泪流满面，惭愧啊！但是，又有什么办法呢？只有借天上的明月，寄托对父母的追思。

父爱如山，母爱无边。

父母之恩，三生三世也报不完。只有写下一些文字，寄予无限的思念，就像今夜的月亮洒下的清辉那样，无边无际。

哦，父爱如山，母爱无边！

慈母手中线

每次回家，母亲苍老的脸上都笑开了花。我知道这是母亲强打精神，不想让儿女担心而已。母亲的确老了，老得几乎难以独自行走，每迈出一步都需要人搀扶着。尽管如此，母亲在我面前却从未叫过一声苦，从未伸过一次手。自从十七年前的深秋，父亲因病到另一个世界去了，年过七旬的母亲苦苦支撑着，从不肯在我们面前掉一滴泪。

母亲是善良的，又是坚强的。母亲从小因为家庭贫寒，无钱上学，不曾有机会接受教育，斗大的字不识一个，但母亲始终是善良的，打小教会我们做人的道理。母亲是个小个子，但是小小的个头儿蕴含着巨大的能量。从小我经常目睹，母亲用她小小的肩膀在北仑河边一船一船地将沙子从河边挑上码头，泡在水边的沙子湿湿的，平均每担过百斤，一船沙子估计有近十吨，母亲硬是一船一船地将这些沙子挑到岸上堆放好，每船沙子的工钱不外就是一两块钱甚至

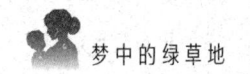

几毛钱。尽管这样，母亲非常乐意做这种简单的苦力活儿，以挣取这点微薄的工钱来养家糊口。我在家里排行老三，上有哥哥和姐姐，母亲在怀我的时候，因生活困难，缺乏营养，以致我出生时只有三斤，许多人都认为我难以养大，但母亲不服气，硬是千方百计将我培养成人。那时的母亲每天清晨便起来忙碌，做家务、喂猪、做早餐，为了不吵醒我，每天早上都是小心翼翼的，轻轻地走路，尽量不发出响声。每天早晨起床，吃着母亲专门为我做的鸡蛋粥，吃着吃着，我的热泪禁不住掉进粥里。

感恩父母，我终于和其他小孩一样健康成长起来。都说穷人家的孩子早当家，为了减轻父母的负担，我打小就懂得为家里分担家务，每逢星期天便到距县城近十公里的河洲、江那去砍柴，每砍一次就够家里烧好几天了。衣服破了，母亲温和地叫我脱下来，母亲穿针引线的功夫十分了得，补衣的速度也飞快。只是有一次我砍柴时不小心弄伤了手臂，母亲终于还是发现了，她眼眶一红心疼地说："孩子，让你受苦了！"我笑着回答母亲："一点小伤，不碍事，妈妈不用担心。"母亲点了点头，竭力不让泪水流出来。慈母的泪，慈母的心。时光飞逝，转眼我到外地念书，毕业后又在外地工作。

母亲也有好消息。因父亲是老革命，组织关怀一直打零工的母亲，破格照顾母亲到县饮食服务公司工作，成为该公司一名职工。母亲懂得感恩，工作十分勤快、卖力，被大伙儿推选为优秀工作者，还光荣地出席地市级先进工作者大会，这是巨大的荣耀。虽然母亲不识字，不懂得说太多大道理，但母亲懂得感恩。她也时常教育我不和人计较，要学会感恩。2013年中秋节前夕，那时母亲已然是八十多岁白发苍苍的老人，到家后，因哥嫂忙于生意未顾及煮午饭，一碗半粥，她仅吃一小碗，剩下的半碗她怎么也不肯吃，拼命做手势表示一定要我吃，直到大嫂从外面买回快餐，母亲看到我有快餐吃，才放心地大口大口地吃她的那碗粥。见此情景，一向坚强的我，泪水差点夺眶而出。古诗云："慈母手中线，游子身上衣。临行密密缝，意恐迟迟归。"母亲健康地活着，是儿女们的一大心愿，母亲在，家就在，幸福就在，兄弟姐妹的情义就在，家的味道也在。如小时候母亲每天早上为我做的鸡蛋粥，飘着特有的香味。那味道好极了！

母亲，尽管我在外地工作，不能陪在您身边，但儿子的心永远牵挂着您！祝福母亲永远健康长寿，福如东海，寿比南山！

母亲像皓月

秋意渐浓,夜雨敲窗,圆圆的皓月就挂在窗户上。国庆节连着中秋节,好不惬意。国庆节我起个大早,赶忙准备回家乡探望母亲的东西。我心情激动,为探望母亲,我特地提前写好外出请假单送批。终于在放假前一天批下来了,我别提有多高兴了。可能是过于高兴,动作重了,把妻子吵醒了。妻子比我小,嫁给我七八年了,已过了七年之痒,我们相亲相爱,相敬如宾。但这几年妻子咽喉出了问题,上不了课,情绪受影响,夜里常失眠,我自然不忍心吵醒她,想让她多睡一会儿。既然吵醒了,我干脆让她起来,看看有什么适合母亲吃的。妻子提议将那箱玉米须做的饮料带给母亲,饮料原本是单位发给妻子的福利,妻子舍不得喝。我望着妻子,觉得此时此刻的妻子美丽极了,妻子也深情地回望着我。我想天上的老父亲如果知道,他的三儿后来娶媳妇了,而且是个知书达礼的媳妇,他心里肯定很高兴,我猜想父亲一定知道。

吃了早餐,一切就绪,我们便出发了,从居住地到高速路口,本来算是一路畅通的,但今天车水马龙,川流不息。妻子提示我要文明驾驶,不要和人争抢,毕竟是节日,人人归心似箭,要多多理解。我笑道:"老婆大人,请放心,一定遵命!"我调皮的样子,逗得妻子忍俊不禁。在我与妻子的亲切交流中,车跟着车缓缓向前推进,终于到了高速路口,新建的八车道的高速路口收费站一下分流了众多的车辆,由于节日高速路免费,车辆通过路口的速度更快了!我和妻子都期待快点回到母亲身边。

不一会儿工夫,车便到了家乡的高速路口,人不算多。我们顺利下了高速,我便给哥哥打电话,称我们已下高速了,叫哥哥从门市部回家。仅仅过了一会儿,我们便回到哥哥和母亲居住的小区,这是家乡新开发的一个小区,地处繁华闹市,哥哥做着手势指挥我停车,并抢着帮拎东西,我对妻子说:"长兄如父,哥哥今天表现不错。"

到了哥哥居住的房间,母亲正准备休息,知道我们回来了,赶紧让阿姨扶

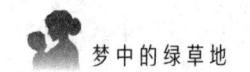

着她出来。母亲年过八旬，身体自然大不如从前，特别是这十余年来，多次摔倒，元气大伤。这让人替她揪心，也是我内心深处的一个隐痛，自古忠孝难两全。大约一个月前母亲又摔倒了，肺部亦感染，咳个不停，我和哥哥将她送去住院半个月，才慢慢有所好转。

此刻母亲紧紧地握着我和妻子的手，脸上乐呵呵的，像一朵花，笑得灿烂。母亲从来都是善良的，她用单薄的肩膀挑起养活一家人的重担，毫无怨言，就像天上的皓月，发出温柔的光芒。母亲在，家就在，亲情就在。

妻子拿出饮料先假装喝了一大口，母亲见状，十分高兴地将倒进她口杯的玉米须汁一口气喝完，还特地将口杯递交我看，她已喝了，然后像淘气的小孩子一样也让我喝。我学着母亲的样子一口气将饮料喝个精光，母亲居然为我鼓掌。这一刻我的心都陶醉了，在母亲的身边真好，可以每时每刻沐浴到母亲如皓月般发出的温柔的光！

有一种爱叫父爱如山

腊月二十三，小年，开了一天会，真的有点累。回到家里，刚刚坐下，忽然听到筷子兄弟那首感人至深的歌《父亲》："总是向你索取却不曾说谢谢你，直到长大以后才懂得你不容易，每次离开总是装作轻松的样子，微笑着说回去吧，转身泪湿眼底……"听着听着，作为男子汉的我，一向自以为坚强的我，泪水禁不住夺眶而出。我亲爱的父亲，离开人世间已十九年了，这十九年儿子从南宁回到滨城工作，这十九年儿子从年少不懂事到步入中年，学会坚强与隐忍，其间也经历了不少的悲欢离合，只可惜，我亲爱的父亲再也无法与我分享！

我父亲是一个"红小鬼"，十五六岁便跟着我六公上山参加革命，成为一名光荣的游击队员，父亲作战很勇敢，得到组织和同志们的夸奖。中华人民共和国成立后，组织将我父亲送去广州一所大学深造，他毕业后成为一名工程师，在单位里算是业务骨干。父亲虚心好学，得到组织的信任，常常得到外出学习深造的机会，这对父亲的成长十分关键！

一年后，我来到人世间，由于条件艰苦，母亲怀我时营养不良，我生下来只有三斤重，不少亲戚朋友都说难以养大成人。但是，我亲爱的父亲就是不信这个邪，运用他在大学里学的知识，千方百计将我养大。父亲还亲自教我写字，从小培养我对文学的兴趣。多年以后，经过一番辛勤耕耘，我终于不辜负父亲的厚望，加入了广西作家协会，并且出版了多本个人专著，可以告慰父亲的在天之灵！

当时，生活艰苦，条件很差，我从小体质不好，父亲常常说，先天不足后天补。他还说，精诚所至，金石为开。人生贵在坚持，只要学会坚持，没有克服不了的困难。我将父亲的话作为座右铭，牢牢记在心中，事实上，我一直也是这样做的。只可惜，还来不及报答父亲的恩情，父亲就因病于十九年前的秋天永远合上了慈祥的双眼！父爱如山，母爱如海，吸取当年的教训，我与哥哥、姐姐精心照顾年迈的母亲，让她老人家幸福、健康、快乐地生活，父亲在九泉之下若是有知，相信他也是安心的。又想起筷子兄弟的歌："时光时光慢些吧，不要再让你变老了，我愿用我一切换你岁月长留……你牵挂的孩子啊长大啦。感谢一路上有你。"我想借此对父亲说，也想对年迈的母亲说！

有一种爱叫父爱如山。亲爱的父亲，儿子永远牢记您的恩情。亲爱的父亲，安息吧！

有一种爱叫母爱无边

前些日子，我在兰苑文学之"诗月亮"上发表了一组诗《生命的花园》，得到不少朋友点赞。"环宇之声"平台的总编西北汉老师将其中的三首《遥寄父亲》《母爱如海》《爱人如诗》作为组诗，用他雄浑而带有磁性的声音进行二次创作，感人至深，好评如潮。都说世上只有妈妈好，年关将至，我惦记着远方年迈的母亲。于是，写下了这篇短文，遥寄对母亲的思念。

母亲没有文化，身躯矮小，但为了我们全家人的生活，母亲用曾经娇嫩

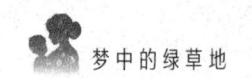

的肩膀挑起生活的重担。母亲是一个善良温柔、勤劳勇敢的人。母亲虽然没有文化，教育儿女没有高深的理论，但她总是通过言传身教耐心细致地教育儿女，要文明礼貌，尊敬长辈。母亲最喜欢说的一句话是："黄金不比黑金贵。"她教育我们要努力读书，长大成为对国家有用的人。受母亲的影响，我从小就跟着母亲一起去担沙子，或上山砍柴，养成了良好习惯。对此，母亲既心疼又称赞！

十九年前，父亲不幸病逝。当时，我们家的天塌了一半，母亲硬是将泪水咽了回去，善良的母亲顽强地担起属于父亲的责任，撑起另一边天。我们家终于走出了伤心的泥潭，重新有了笑声，恢复了自信，我们家的花园，得以继续薪火相传，继续享受阳光和雨露。感谢母亲的大爱，感激母亲的养育之恩！

我们兄弟姐妹一个个长大成人，忽然有一天，发现母亲的双鬓已长出许多白发，母亲原来挺拔的腰杆也变弯了，令人心酸。父母恩情三天三夜也诉说不完。曾记得母亲每天早晨起来为我精心制作鸡蛋粥，为了不吵醒我而尽量做到脚步轻轻，曾记得每次我回家探望时她那慈祥的眼睛，曾记得母亲每次受伤（近期由于年事已高，母亲不慎摔伤）总是叫我不用担心，千万不要影响工作。一转身，我分明看到母亲在擦眼泪，我深爱的母亲啊，母爱无边，儿子这辈子永远走不出您的视线！新年将至，儿子祝福母亲，永远幸福快乐，健康长寿，福如东海，寿比南山！

缅怀敬爱的母亲

敬爱的母亲离开了。痛失母亲的我，这段日子，失魂落魄，丢三落四，狼狈极了！自从十九年前父亲病逝，风烛残年的母亲顽强地陪伴我们兄弟姐妹走过了这十九年风风雨雨，带给我们无限的温暖和无穷无尽的欢乐。说实在的，我从来没有像今天这样深切地体会到人们常说的那句话：父母在，人生尚有去处；父母故，人生只剩下归途。唉，我亲爱的母亲，我敬爱的仁慈祥和的母亲，作为您的儿子，多么希望您能多活几年，再让我们兄弟姐妹多陪陪您，再尽尽孝道。然而，现实却是残酷无情的。我多么希望，母亲的离去只是一个梦，我多么希望梦醒之后，我敬爱的母亲还健健康康地活着，但是，现实击碎了我的梦。

因为考虑8月集中公休，7月29日下午，我特意和几个同事一起下乡扶贫，我的扶贫对象有两个，其中一个是风烛残年的老人，双脚前面肿得穿不上鞋子，当时，我硬塞了两百元钱，叫老人买点有营养的东西吃。说话时，我觉得鼻子酸酸的，因为当时我想到在家乡与我大哥生活的母亲。出发前，在大门口等车，我一不小心将手机屏幕摔碎了，心中顿时有一种不祥的预感。当车子行驶到半路时，大哥给我打电话，让我抽时间回家看一看母亲，我交代大哥，我正下乡扶贫，暂时回不去，如果母亲不舒服，请大哥及时送母亲去医院。

到目的地后，我与同事深入贫困户家中，见到了老人，老人的脚消肿了，我悬着的心也放下了。这时，老人那正念初中的小孙女，十分害怕地告诉我，她的家里爬进一条大蛇，被她打死了。我伸出大拇指为小女孩的勇敢点赞！

扶贫回到城里已是灯火阑珊，大哥称母亲冲了一个凉，能喝下一碗稀饭了。岂料这竟是母亲在人世间的最后一碗稀饭，而我作为母亲疼爱的儿子却没能陪在她身边，正所谓自古忠孝难两全啊！想到这儿，我不禁泪眼蒙眬！但是，哭是无法挽回母亲的生命的。那个生我、养我、育我的母亲，匆匆离开了人世间。从此，每当我觉得孤独寂寞时，更觉得母亲在世对儿女们来说是一件多么幸福和奢侈的事。

遗憾的是今年的中秋佳节，我亲爱的母亲再也尝不到我挑选的月饼了。最近常常在下雨，每一滴都重重滴在我的心头上，让我柔软的心有点疼。但是我不能哭，我是一个男子汉，我不坚强，谁能替我坚强？况且我去世的母亲也希望我们兄弟姐妹都好好生活，毕竟生活还要继续，我们没有任何理由苟且。只有坚强下去，开开心心，才是母亲最希望看到的。转眼之间到了处暑，天气渐渐凉了。缅怀敬爱的母亲，愿您老人家在另一个世界再无伤痛！永远爱您的三儿。

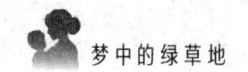

有一种爱叫手足情深

　　大千世界，芸芸众生，滚滚红尘，唯真情宝贵，唯爱感人至深。因为爱是人类最真挚的情感。本文所要诉说的是：有一种爱叫手足情深。众所周知，兄弟姐妹之间通常用手足之情来比喻，这个当然是有讲究的。在人生长河里，父母是一个家庭的天，父爱如山，因为山是挺拔刚强的，而母爱如海，母亲的胸怀是广阔的，是温暖的。有妈的孩子像块宝，这是人们对母亲的称赞。除了父母恩情，兄弟姐妹之间美好的手足之情，也是令人羡慕的。

　　我算是幸运的，上有哥哥、姐姐，从小就得到哥哥、姐姐的疼爱，从小就感受到手足情深。我小时候由于调皮一不小心掉进水中，正在挣扎之中，哥哥勇敢地扎入水中将我救起，从此，我对哥哥便多了一份尊敬。那一年，我到外地上学，哥哥不放心，亲自陪我到学校，然后才自己返程。

　　哥哥比我大十来岁，对我的确很用心，使我有一种自豪感。为了感谢哥哥的关怀，我专门为哥哥写了一首诗《兄是一块田》："心是一块田，永远种着希望与欢乐；兄是一块田。／长兄如父，自从父亲走后，长兄自然而然，挑起属于兄长的责任。／照顾母亲，关爱弟妹……"我对哥哥的敬重之情跃然纸上。

　　小时候，由于家里穷，姐姐对我无微不至地关心。我跟姐姐一起上山砍柴，我累了走不动了，姐姐回头接了一程又一程。凡是有好看的电影，姐姐总是带上我去看。

　　长大后，姐姐和我都来到滨城工作，生活上一直是姐姐照顾我。因为我负责当地一个区全国文明城市的创建工作，工作既琐碎又繁忙，姐姐常常为我买好菜，煲好汤，使我在繁忙工作之余能喝上一口汤，吃上一口热饭。

　　姐姐助人为乐，常常帮助需要帮助的人，得到朋友们的称赞！为了感激姐姐的恩情，我也专门为姐姐写了一首诗《傲雪的红梅》："红梅傲雪凌霜，姐姐的名字带雪带梅，／充满诗情画意，南方多雨，南国无雪，／慈祥的老父亲，当年为何要为出生在南国的姐姐，起这带着雪花和梅花的名字？／直到今天,我才猛然领悟当年老父亲的真正用意。/父亲期待姐姐,在生命的长河中,宛如雪中红梅,/在风雪之中傲立……"姐姐很开心,说写得好,我将对姐姐的感恩之情表述得淋漓尽致。

兄弟姐妹情如手足不失为人间美事。所以说,有一种爱叫手足情深!谢谢哥哥、姐姐,预祝你们新年快乐,幸福安康!

男子汉:爱与责任

男子汉一般是指成年的男子,含义是为正义而英勇无畏、不怕牺牲、不计名利的男人。这样的男人顶天立地,可歌可泣。例如,电视剧《亮剑》中的李云龙就是这样的人。在"男子汉"后面人们往往添上一句"大丈夫"。所谓"男子汉大丈夫",是指志向高远而有所作为的男人。在我国成年的男人称"汉子"。而"大"一般是指面积、体积、容量、数量、力量和强度超过所比较的对象,与"小"相对。"丈"则是长度单位,十尺为一丈。丈夫,一丈以内方为夫。男子汉大丈夫,是人们发自内心的一种尊称。事实上,既然是男子汉大丈夫就注定他们肩膀上的担子不比别人的轻。因此,男子汉的爱后面还应该加上一种责任,这份爱与责任沉甸甸的,或重于泰山。

在生命的长河里,爱,是一种无私的、不求回报的情感!爱可以感动天地,因为爱是无私的,也是纯洁的,就像洁白的雪花点缀生命的天空。责任,亦是无私、不求结果的奉献。有责任才有担当,有担当的男人无私无畏,有担当的人更值得尊敬。

曾经看过一部叫《天作之盒》的电影,影片中的主人公谢医生(与笔者同姓,尤其亲切),在当年"非典"来势汹汹之时,没有退缩,没有畏惧,她从容地以自己的爱心去医治受伤的心灵,因为救人而不幸染上"非典",病情危急。我深受感动,暗下决心向其学习。还有《泰坦尼克号》的男主人公杰克和女主人公露丝的爱情故事,当危险袭来时,为了保护露丝,年轻英俊的杰克甚至献出了宝贵的生命,感动了千千万万的观众,抒写了爱情的传奇。

梦中的绿草地

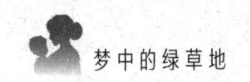

我自己也是一个七尺男儿，在生命的长河里，我继承了父亲的勇敢、母亲的善良，我自觉自愿为每一个需要帮助的人提供力所能及的帮助，从物质的支持到精神的鼓励，都努力去做。在我的支持下，一个贫困学生考上了大学，两个家庭摘了贫困户帽子，一批小朋友喜欢上文学，发表了他们的文章，等等。男人，就是要"铁肩担道义，妙手著文章"，懂得自己爱的后面还有一种责任，面对人世间的风风雨雨，不退缩，不逃避，就像谢医生那样，尽职尽责，大爱精诚，感动天地。

今天初十（又正值情人节），十全十美，代表亲人们诚挚的祝福！而此时此刻，我更想说：男人，男子汉，大丈夫，请记住你的爱与责任，在生命的长河里，每时每刻，每分每秒，都要记得为你心爱的人遮挡风雨，无愧于心，无愧于天地！

有一种爱叫夫妻同心

"在天愿作比翼鸟，在地愿为连理枝。"这句形容夫妻关系的诗，既形象生动，又深刻透彻。实际上夫妻之间，因为爱而走到一起，从此十指相扣，灵魂相融，命运相连。往后，共担风雨，共享阳光，患难与共，相濡以沫。

夫妻之间没有血缘关系，相爱之前，或许完完全全就是两个陌生人。但人生就是那么神奇，千里姻缘一线牵，当两个人相逢、相识、相亲、相爱时，人世间便多了一段美丽的传说。

例如电视剧《亮剑》中，勇敢端庄的秀芹爱上了大英雄李云龙，经过积极争取，五大三粗的李云龙动心了。后来，洞房花烛夜，新娘秀芹被日军抓走，李云龙怒发冲冠，带兵攻打防守坚固的平安县城，演绎了人间大爱，创造了战争奇迹，铸就了亮剑精神。因为爱，坚定了一个热血男子汉的担当，所以李云龙才会受到众人的尊敬。

我与妻子蓝晨相识在梦园广场，由于彼此爱好文学，喜欢音乐，我们有点相见恨晚、一见钟情的感觉。虽然彼此不在一个地方工作，却时时牵挂对方，常常互相加油鼓劲，鼓励对方在各自平凡的工作岗位上做好自己的工作。

我这边工作担子相当重，妻子没有更多的话语，只是"加油"两个字。就是这简单的两个字，妻子的深情叮咛成为我前进的原动力，让我取得一个又一个好成绩，妻子在我眼中也是一天比一天更美丽，我在妻子心中的位置也不可代替。后来，组织为了解决我们的两地分居问题，特地将我们调到同一个城市工作，每天我们一同上班，有事互相商量，有困难共同解决，妻子成为我的贤内助，我则心甘情愿为妻子遮挡人世间的风风雨雨。

有一天，诗思驰骋，我专门为妻子写了一首诗《你是我生命里的一首诗》："在生命的长河里，我是一尾鱼，尽管天意弄人，只拥有七秒钟的记忆，我心满意足，万丈红尘中，生命无数，我遇见诗意盎然的你。拥有你，我的生命不再孤寂；拥有你，即使置身于荒山野岭，依然清晰听到，你呼唤我的声音。/你是我生命里的一首诗，在悠长悠长的岁月，我的日子，天天充满诗情画意，每分、每秒我都在写诗，将想你念你恋你爱你的感觉，写成一行行或长或短的句子。"以上是这首诗开头的两段，全诗很长。

妻子看到后很开心。有道是一日夫妻百日恩，我与妻子在一起十年，懂得彼此尊重，懂得彼此珍惜！在平凡的生活中，我与妻子相敬如宾，恩爱有加。我曾经问妻子，下辈子是否还愿意嫁给我这个穷小子、丑小子。妻子坚定地说："愿意！"那一刻，我觉得自己是全世界最幸福的人！

有人曾说，幸福其实就是一种感觉，幸福其实也很简单，你开心了、满足了，或许就会觉得幸福！我说，有一种爱叫夫妻同心，夫妻永结同心，就可以执子之手，与子偕老。这应该是一种真正的爱情吧。亲爱的朋友，你说呢？

人生宛如一盘棋

人生如棋，落子无悔，一着不慎，满盘皆输。喜欢下棋的朋友，总爱做这样的比喻。乍一听，似乎有点偏颇。但是，细细琢磨，便发觉这句话蕴含许多人生的道理。喜欢下棋的朋友都知道，开好局，走好前三步，对整个棋局至关

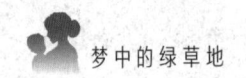

重要。人生的确也如此：有一个美好的童年，能够接受良好的教育，若是能够遇到一个博学多才、善于谆谆教诲的老师，则人生的三步棋已经实实在在帮助你打牢了基础。只要不偏不倚，不骄不躁，不妄自菲薄，不好高骛远，扎扎实实走好下一步，不说功成名就，也终将会取得一个如你所愿的圆满的结局。

人生如棋，兵来将挡，水来土掩。一个小小的棋盘，其实昭示着人生的每一个过程，楚河汉界，一河之隔，你每前进一步都会棋逢对手。除了信心、勇气，还需要智慧来支持！于是，有哲人说：棋逢对手，勇者胜；勇者相逢，智者胜。可见，在人生这盘棋局上，同样需要斗智斗勇。那么，耐心与毅力也显得至关重要了，谁能沉得住气，坚持到最后一秒，谁就能够夺取最终的胜利。

然而，在漫长的人生道路上，在这个纵横交错的棋局里，每一个人不可能都是将帅，绝大多数只是普通一兵。这就注定不可能人人都成为大英雄，不可能人人都可以书写一段神奇的传说。但是，即使如此，只要你不轻言放弃，不半途而废，更重要的是不被自己打败，就没有谁可以轻易取代你，也没有谁可以轻易战胜你！我就是我，你就是你，永远都是最棒的！

芸芸众生，群星璀璨。一个个普普通通的人构成了这个大千世界。只要每一个人踏踏实实做好自己，找准自己的位置，演好自己的角色，那么，在这盘人生的棋局里，每一个人便可以发挥好自己应有的作用，为自己的人生抒写一个美丽的结局。不枉你我到人世间潇洒走一回，不枉你我成为人生大局里的普通一兵。

人生如棋。赢，固然漂亮圆满，落笔生花，诗意年华。输，也要落子无悔。无论结局如何，只要努力做到落子无悔，则人生便可以无怨无悔！亲爱的朋友，愿我们共勉！

人生乃一场漫长的等待

从每一分钟等下一分钟，从每一小时等下一小时，从每一天等下一天，从每个月等下个月，从每一季等下一季，从每一年等下一年。生命的轮回，从等待中开始,又在等待中结束。等待或许贯穿生命的每一个环节,令人陶醉,令人甜蜜,或许也会令人痛苦,令人伤悲。远的不说,我们从这个多事的秋天说起。

当时光经历了炎热的盛夏,进入了轻风吹拂的秋季,从柔柔的晚秋开始,许多人便期待一场漫天飞舞的大雪早点来临。但一次又一次,老天爷似乎和人们开着玩笑。一次又一次入不了冬,顽强的秋一次次将即将来临的雪花挡了回去。日子就这样一天一天悄悄地溜走。于是人们开始了一次又一次的等待。在漫长的岁月中,体味着人世间的纷繁与孤寂,体味着人世间的酸甜苦辣。

不管你愿不愿意,时光的脚步还是蹭过了 2018 年,迎来了充满希望的 2019 年,带给人们一片白茫茫的天地。据说一条南方狗,第一次见到白茫茫的雪地,竟然兴奋得变成了一台"挖土机",把自己的头深深埋进雪地里,瞬间成了朋友圈的网红,不失为人们的一件开心事。而在今天上午,因为天气寒冷,我的车忽然打不着火,只好向好朋友求援,还好,接到我的电话,朋友迅速赶到,但是以朋友的技术处理不了这个问题。只能向其他朋友求援,于是,一场等待拉开了序幕。唉,人生就是这样,在不经意间经历了一次又一次等待。在等待中成长,在等待中品味人生的精彩,在等待中自然而然演绎属于自己的故事!

人生乃一场漫长的等待,经得等待,属于你的酒才更浓郁,属于你的茶才更醇香,属于你的花才更鲜艳,属于你的月才更皎洁,属于你的太阳才更热烈!你会在美好的等待中,完成那首属于你自己的精彩纷呈的诗!祝福你!

人生不过一颗星

天上星,亮晶晶。小时候,慈祥的婆婆常常在我耳边说,天上一颗星,地上一个人。因为当时我还年幼,对婆婆的话,有点一知半解,半信半疑。或许是由于受婆婆的影响,我从小习惯仰望星空,想探究一下,浩瀚的天空中,每一颗星与每个人都有什么联系,又有什么不同。有时候,天空忽然有一颗星陨

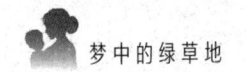

落，老人们便说，这是人间的一个人像流星那样消逝了。

老人说着，混浊的双眼流出了两行清泪。这时候，我的心中也酸酸的，觉得一阵疼。受这些影响和熏陶，我从小就有点多愁善感。老师说，多愁善感是诗人的天性。我不是诗人，我只是喜欢读诗。当时，贵州诗人李发模的一首《呼声》，让我的灵魂深处受到了震动，后来，我自己也开始学习写诗。后来，与李发模老师成为深交的朋友。星星是闪亮的。我才真正觉得，人生宛如一颗星！

在茫茫人海里，在浩瀚无边的星空中，每个人其实都是一颗星。尽管每个人的光有强有弱，有的光芒四射，照亮他人前行的路，赢得众人的尊敬！十指有长有短，星星也不例外，由于种种原因，有的人难免人生失意，像一颗黯然无声的星。但我想对那颗星星说：尽管你目前没有发光发亮，比起消逝的星星，你仍然是幸运的。最起码你能够有缘在璀璨人生的星空中挂着，在浩瀚无边的星空中欣赏其他的星星，这本身就是一种幸福啊！学会知足常乐，即使无法照亮别人，也要点燃自己呀！就像古诗所写的那样："春蚕到死丝方尽，蜡炬成灰泪始干。"毕竟你曾经奋斗过、努力过，不管结局如何，你便可以无愧于人生，无愧于成为浩瀚天空的一颗星，哪怕是最不起眼的那颗星！闭起双眼，心中装着光明，这或许就是精彩人生的一个剪影！

亲爱的朋友，你说，人生是不是不过一颗星？

人生不过一场戏

人生如戏，戏如人生。这是人们经常说的一句话，语言精致，且蕴含丰富的人生哲理，发人深省，让人深思！近日我写了一首小诗《表演》，诗的开头这样写道：生活就是舞台，每一个人都是演员！人生在世，上苍提供给每一个人的舞台，其实都是一样的，关键是看每一个人如何把握好上台演出的机会。从这个角度看，真诚的人或许能演绎好人生这场戏。融入生命与灵魂的演绎，总是会获得鲜花和掌声，因为发自内心的演出，带给人们的永远是一种美好的享受！相反，若是戴上虚假的面具，缺乏真情，哪怕穿着再堂皇，表演再声嘶力竭，观众的心都不会被打动，不会有鲜花，更不会有掌声支持！

生活宛如舞台，不显山不露水，乃人生的一种境界。凡事过于张扬，不懂得以宁静淡泊的心态做人处事，往往不能准确把握好登台演出的机会，基本上也无法演绎好自己的角色。他或许不会明白，任何的刻意伪装、任何的涂脂抹粉都是无用之功，无病呻吟更不会感天动地。在生命的长河里，在人生的大舞台上，只有真诚以待才有真正的生命力，只有投之以桃报之以李懂得感恩的人，才会走得更远。

人生如戏，戏如人生。尽管每个人的经历不同，所处的环境、所从事的工作不同，所演绎的角色也不同，但是，我们都是普普通通的人，都有一颗柔软的充满温暖与力量的善良的心。我们都是黑头发，黄皮肤，黑眼睛，都有勤劳的双手，都有充满智慧的头脑。只要我们每个人不忘记肩负的责任，不妄自菲薄，挺立于天地之间，就能在人生的舞台上演绎好自己的角色。

既然有缘来人世间走一趟，既然有缘迈上生活的大舞台，演花旦也好，演小丑也罢，只要用心，用自己无愧的青春与生命，用自己的善良与执着，有理由相信，你会演绎好精彩的人生！亲爱的朋友，切记一位哲人的诗：人生苦短，无须表演。我也想送你几句话：在生命的长河里，多多为自己加油啊！这个世界上，真正能够战胜你的人，只有你自己。

真有真的代价，爱有爱的归宿！只要不轻易把风帆落下，只要不把翅膀压低，只要永远心系远方，沿途都会是美丽的风景！

人生不过一场戏，你永远是最好的演员！只有你，才能演绎属于你的精彩人生！

如诗如梦的江河

古人云：道生一，一生二，二生三，三生万物。"三"代表多，我在家中排行老三，人们尊称我"三哥"。我性格开朗，从小喜欢玩儿水。在我的记忆

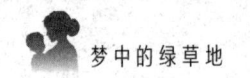

中,有三条悠悠的江河,如诗如画、如梦如幻的江河,从我生命中流淌过。

第一条是伴着我童年回忆与成长的小河,清澈明净,这条河叫北仑河,河对面就是越南。第二条是伴着我青年时期两年的柳江,柳江是柳州人民的母亲河,是龙城最亮丽的一张名片。第三条是当我长大成人,因为工作需要,而依着它工作、生活了近四年的江,叫大风江。

童年,或许没有一个孩童不淘气不顽皮的。清清的北仑河,就是这样默默地伴着我这个顽皮小孩长大的。孩提时代,有一句通俗的话:"天不怕地不怕,最怕老师到我家!"其实,我小时候基本上还是听话的,所以才不怕老师。受父母的教育,我从小养成了尊敬师长的习惯。只是,我爱水,一旦到了水里便有点忘乎所以。俗话说得好,宁可欺山,不可欺水。对我来说,是有教训的。有一回,我硬是追着比我大十来岁的哥哥到船上钓鱼(当时我小,还不会钓鱼,实际上是在旁边边看边玩耍),哥哥钓鱼肯定是全神贯注的,注意力肯定不会放在我身上。而我玩儿高兴了,竟然忘记不能欺水的道理,一不小心掉进河里了。求生的本能驱使我在水中挣扎,神奇的是我居然没有沉下去,待哥哥发现险情伸手营救时,我已然呛了几口水。回到家里,因为全身湿透了,被父亲发现了,一向疼爱我的父亲有点恼火,正想拿哥哥是问。我看出苗头不对,抢在前面大声说:"爸爸,我会游泳了!"看到父亲有点惊诧的样子,我赶紧做出一个超乎自己实际年龄的自由泳的样子,我说:"就是这样啊!一游一游!"逗得父亲一下子笑了。以后,我发现家里有什么不开心的事,我便比画着动作,口中念念有词"一游一游",竟然把家里人逗乐了。多么简单的快乐哦!从此,家里人称我为"开心果"!说来神奇,不用人教,无师自通,自从那次呛了几口水之后,我居然学会游泳了,而且潜水的水平(潜到水里,看谁在水里待的时间长)是全年级第一名,令人咋舌!当年广西游泳队来学校挑人,我竟然过了初试关,后来,父亲疼惜我,怕我受不了苦,更重要的是我的年龄与运动员的要求差了整整两个月,所以,只有望江兴叹了。不然,或许江湖上便多了一条水上蛟龙,而诗坛上会少了一块"爱情石"(我的笔名)。冥冥之中,一切自有天意!

自从学会游泳,一条小河便再也挡不住我。小时候,我便常常与小伙伴们游到河对面,在河岸边捡贝壳。啊!这条伴着我童年的回忆和成长的母亲河——北仑河!我的命,离不开水。

青年时代，我一个人来到柳州念书，除了认真学习外，平时一有空便来到美丽的柳江河畔，望着静静的柳江水，思念千里之外的老父亲、老母亲。时间过得很快，转眼两年过去了，我顺利完成了学业，走上了工作岗位。十余年前，因为工作需要，我曾经被组织派到一个滨海小镇出任一把手。从此，与大风江结缘。那是一条通江达海的江。江畔两岸居住着勤奋好学的人们。一所中学，在江的一侧，从小尊敬师长的我常常到学校检查指导工作，我认为一个地方要发展，关键还是靠教育。学校也争气，在我任职近四年期间，年年夺冠。该校校长不仅被评为全国优秀教师，还培养了不少优秀学生。说来有缘，后来我多次担任演讲比赛评委，该校的小选手有几次都是夺冠或取得佳绩，成为佳话！

有着秀水养育，人们天生秀气。因为自然环境、生态平衡保护得好，中华白海豚曾经多次光顾大风江。若是乘坐小船从码头出发，顺江而下，沿途两岸茂盛的红树林景致让人有几分陶醉，树丛中不时有一些白鹭一飞冲天，让人又怜又爱又有几分惊喜！这一切的一切，都深深印在我的脑海中。后来，因为工作需要，我从乡镇调回机关工作，但是头枕了近四年的江涛声依旧在我的脑中打转。尽管不能常常回去看看，但这种牵挂，就像思念远方亲人那样，日里夜里梦里，只要空闲下来，无论是北仑河、柳江，还是大风江，那一朵朵浪花、一声声波涛便在我的耳畔拍击，在我的心中激荡，使我这颗本来就多愁善感的心，变得更加柔软、更加温暖。生命中，曾经有三条这样的江河流过我的心田；生命中，这三条悠悠的江河，常常在我的梦中流淌，如诗如画，如梦如幻！

粽子飘香过大年

诗人说，"冬雪雪冬小大寒，过了腊八就是年"。小时候，还不太懂得"腊八节"是一个什么样的概念。印象中，似乎没有喝过腊八粥。但是，母亲所包的粽子，在我的记忆中，浓浓的香味，带来的欢乐，一切似乎就在昨

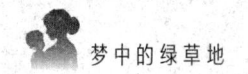

天……小时候家里穷,从我略懂事开始,父亲便很少在家(长大后才知道,当时父亲被下放到"五七干校"劳动),家里就是靠母亲一个人撑着。母亲没上过学,斗大的字都不认识一个。但是,母亲心地善良,且非常勤劳。家务里里外外都是母亲操劳,做饭、养猪、挑水、砍柴,全靠母亲柔弱的双肩。难能可贵的是,母亲懂得督促我们学习,她常常教育我说:"黄金不比黑金贵。"这个"黑金"就包含着文化知识呀,母亲或许不懂讲大道理,但从母亲口中所说出的这句话,我始终牢牢记在心中。那时候,我们居住在码头旁边,一条清澈见底的北仑河伴着我童年的时光,也见证了我勤奋的母亲,为区区几毛钱,从码头下的江河边将一船船沉重的沙子挑到码头上面的堆场,母亲的吃苦耐劳,我看在眼里,疼在心上。于是,我小小年纪便学会为母亲分忧,只要有空,我便加入母亲担沙的行列,从小我便知道生活不容易,尽量做到不让父母担心。在母亲眼里,我是一个懂事孝顺的孩子。小时候,虽然家里穷,但母亲不忍心我们过年时没有东西吃,显得太寒酸。母亲虽然没有文化,却有一个拿手的绝活儿,就是包粽子。母亲包的粽子,不仅样子特别好看,选材还非常讲究。母亲精心挑选糯米、绿豆、芝麻、猪肉,包括用油、放盐也是用心把握,而且所用的粽叶十分讲究,老的、旧的、太嫩的,母亲一律不用,母亲讲究用刚刚好的。包粽子的时候,母亲身系着一条大围裙,摆开架势,那样子就像作战的指挥员,姐姐比我年长几岁,可以做母亲的助手了。我帮不上什么忙,于是,找把斧头负责劈柴,要知道,粽子包好之后,需要一天一夜才能煮熟,那个时候,才能算是大功告成。香喷喷的粽子,口感十分好。平时,很少能吃上肉的我们,吃着母亲精心制作的粽子的"心"——肉,肥而不腻,一切刚刚好。这个时候,我的内心感到非常满足,觉得过这个年是幸福且富裕的。母亲看到我们兄妹几个开心的样子,也开心地笑了。母亲边吃粽子边对我们说:"你们看,糯米熟了,紧紧粘在一起,像一家人一样,团结就是力量,你们兄妹几个也要这样才行哦!"我记住了母亲的话,对自己的父母和兄弟姐妹从来都是以礼相待,相亲相爱。每年过节,吃上母亲亲手制作的粽子是愉快惬意的;每年过节,能够无忧无虑地待在母亲身边是幸福美满的。后来,我们举家从东兴搬到防城,但每年包粽子的习惯从没有改变。母亲的手艺也并没有因为年迈而逊色,相反,更加炉火纯青。在声声爆竹中,我一年年长大,虽然没学到母亲包粽子的手艺,但作为男子汉的我,已经独立,可以值守一天一夜煮粽子,边煮边闻到粽子飘香,那种感觉,真的是美妙极了!更为重要的是,能够多多少少为母亲分担一点,做儿子的也是幸福和满足的。2019年,即将九十岁的母亲,因病离开了我们,成为我十九年前痛失父亲之后又一次彻心彻骨的痛。从此,过年的粽子飘香成了一个美好的回忆,我常常记起父母在世,尤其是过年时的点点滴滴。而今,我们的生活一天天好起来,我想,倘若父母天上有知,他们一定是开心快乐的。国泰民安,衣食无忧,粽子飘香……

神奇的八寨沟

八寨沟是广西钦州市钦北区一处风光旖旎的旅游景点,目前已经是国家AAAA级风景区。说它神奇,是因为它一年四季阳光明媚,气候适宜,适合人们游玩。

若干年前,八寨沟还不是十分出名时,钦州市钦南区组织了百名艺术家走进北部湾活动,当时,著名的词作家蒋开儒老师(代表作有《春天的故事》《走进新时代》《中国梦》等)多次来钦州采访,我有缘多次陪同蒋老师走进神奇的八寨沟。当时,八寨沟还没怎么开发,原汁原味,充满原始气息,游人也较稀少。然而,就是这个古香古色的八寨沟,留给蒋开儒老师美好的印象,他在创作《北部湾》这首歌时,将八寨沟比喻为"天然氧吧",写进歌词,这首歌由藏云飞老师作曲、阎维文老师演唱,当时十分红火,八寨沟因此而美名扬!若干年后的一个周末,我和作协的小谭、小夏不约而同提出游一下八寨沟。我们以为自己来得较早,不料到了八寨沟之后,游人如织,有点让我们想不到。

进入大门,八寨沟的建设令人耳目一新。很有气势的大门一下吸引了我们的目光!因为,以前我们来时,大门还没有建成。大门右侧,只见一个巨大的水车,上下转动激起朵朵水花,吸引人们情不自禁地围观。许多游人争相以水车作为背景照相,三个美丽的少女在大水车前微笑着留下与八寨沟的合照。平时不怎么喜欢照相的我,也忍不住照了几张,小谭也是兴致勃勃地留影。善于

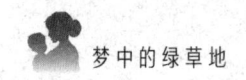

抓拍的小夏顿时有了用武之地。在巨大的水车面前大家一下忘记了酷暑，开心极了。梅园尽管有点旧了，依然吸引人们进去探访。应了那句"酒香不怕巷子深"，景美不怕人不来。

天气很好，阳光刺眼，小谭、小夏细心，事先准备好了伞，我们一路走，一路谈笑风生。很快进入了"天然氧吧"，一下感觉呼吸舒畅许多，树林很多，有几分原始森林的味道，太阳照不进来，伞自然也可以收起来了。夏天的风，凉凉的，一路走进去，时不时有小溪从身边流过，清澈的溪水让人很想去亲近一下清凉的水。但此刻，我依稀记得往前走还有更美的"仙女池""将军潭"等，听我这样一说，小谭、小夏才停下脚步，不然，或许是想去玩儿水啦！

的确，在美丽的大自然面前，许多人都会自觉不自觉地释放自己的天性，将身心与美丽的大自然融为一体。在那片溅起朵朵洁白浪花的小瀑布面前，一对父子模样的人，忘情地冲浪，人们都被他们的嬉笑声吸引住了。小瀑布前，聪明的小谭来到另一侧，与激情浪花来一个合影，小谭举起右手，比了一个"胜利"的手势，充满了自信。难怪小谭考驾照那么顺利，原来是有自信与勇气做支撑。游览了一番，大家都有点累了。于是，我们来到旁边的八角亭小憩。微风轻轻吹着，我忽然想起有首歌叫《神奇的九寨》，于是对小谭和小夏说，相比于九寨沟，八寨沟虽然少了一寨，但是八寨沟的美还是很有特色的。于是，我赶紧给作曲家陈钦平打电话，请他方便时过来为美丽的八寨沟谱上一曲，让神奇的八寨沟插上翅膀，早日红遍大江南北，吸引更多的人来八寨沟游一游，看一看！

精美的石头会"唱歌"

朋友们，你们相信吗？广西柳州市柳江区壮校附小，学校内精美的石头会"唱歌"。大约是三年前的一天，我有缘和办公室的小伙伴们来到一所即将由县改区的学校——柳州市柳江县壮校附小（现已改名为"柳江区壮校附小"），那是一所被人们称为"大美"的学校，校长姓覃，则被称为"大美校长"！那天清晨，我们在一位李副部长的陪同下，来到了大美学校大门。当时太阳已经升了起来，但是由于时间还早，街上没有多少行人，而作为念书的神圣地方——学校的老师和学生们，早早便来到了学校。迎接我们一行的便是大美学校的覃校长。在壮观的大门口，几位精神抖擞的小学生，戴着鲜艳的红领巾，依次为我们讲解该校的教学情况，讲述着该校的文化渊源、该校的前世今生。当时，在校门口，我心里便被暖暖地感动着，既惊诧于小学生的精彩讲解，又为大美学校的壮观大门所迷醉！高高挂在大门口右侧的社会主义核心价值观宣传牌以及创建全国文明城市的宣传氛围吸引了大家的眼球。还没有走入校门，便给我留下深刻美好的印象！听完讲解，在覃校长的带领下，我们快步登上大美学校漂亮的舞台。在舞台上，我们的内心受到了一次震撼，我们从台上望下去，看到一千多个小学生，统一穿着鲜艳的红色校服，步调一致，整齐划一，根据台上老师的指令，同学们神情专注地表演根据社会主义核心价值观和童谣改编而来的军体操。台上一位老师在领操，动作整齐，姿势优雅，太棒了！充分体现了柳州小学生的精神面貌。这无疑是文明与文化共同滋养出来的精气神，令人眼睛一亮。看完军体操，随后我们来到了音乐室。一排小学生整齐站立，每个小学生的面前都摆放着一排黑色的石头。谁也不知道那些石头源于何处，更不知道石头的前世今生。当小学生拿起纤细的小棒敲打下去，令人叹为观止的是这些精美的石头竟然会"唱歌"，那是一首由童谣改编的乐曲，充满童心童趣，此情此景，颇为奇妙。更令人啧啧称奇的是，这所学校的小学生与这些石头有一种天生的缘，只要拿起小棒，棒落音乐起，一首首优美动听的乐曲如《多谢了》《喜洋洋》等便自然而然地在这些石头上流淌开来，受到了各级领导的关注和好评。据覃校长介绍，好消息也刚刚传了过来，该区的义务性均衡教学已经顺利通过教育部组织的专家们的验收！精美的石头，会"唱歌"的石头，更加展现生命中的精彩，为美丽的大美学校添上了浓墨重彩的一笔。从覃校长口中得知，经过这次新冠疫情的考验，同学们变得更加成熟、更加坚强，近期学校正有声有色地开展"厉行节约，反对浪费"主题活动。我想，何时能再回一次大美学校，见见活泼可爱的孩子们，再听听那些独特的精美的石头"唱唱歌"？我是真的好期待哦！

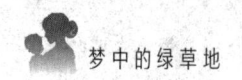

金秋十月，奔向诗的远方

一

金秋十月，秋风送爽。来自广西作家协会的一封邀请函，邀请我 10 月 19 日至 22 日到广西贺州参加广西第四届花山诗会，我没有半点犹豫就奔向了诗和远方。

经过几个小时的长途奔波，当天就到了风光秀丽的贺州。顾不上休息，我和钦州著名军旅诗人温柔一刀，直奔贺州学院。当晚的贺州学院报告厅座无虚席，热爱缪斯的不仅仅是诗人，贺州学院的师生也不乏其人。在女主持人楚玮娜的主持下，一场精彩的晚会拉开了序幕。首先颁发年度广西优秀诗人奖，庞白、费城从四位提名诗人中脱颖而出，荣获 2019 年度"广西优秀诗人"称号。

广西文联党组成员、副主席石才夫等为获奖诗人颁发证书、奖金。

接着，广西第四届花山诗会"小康生活，诗意远方"主题诗歌朗诵会开始，诗人们"八仙过海，各显神通"，有诵读自己作品的，有合诵他人作品的。来自北京文学杂志社的师力斌老师第一个登台诵读他的诗作《看纪录片〈创新中国〉》，赢得一阵阵热烈的掌声，这位来自首都的诗人，心潮澎湃。带给人们一阵阵欢笑的是男诗人黄土路、女诗人羽微微等四人用普通话和其他三种方言朗诵诗人汤松波的《贺州书》。来自诗歌月刊杂志社的诗人黄玲君朗诵琬琦的《摘柿子》时声情并茂。贺州学院的多名同学合诵诗人桐雨的《共同的愿望》，激动人心。而最后一首长诗《向胜利进军》，引发了人们心中强烈的共鸣，也将诗歌朗诵会推向了高潮。

当夜，我久久无法平复自己的心情。生活不仅是眼前的苟且，还有诗和远方。

二

第二天，贺州的天空很蓝。我们这边也是好戏连连。九时许，在贺州正菱大酒店十三楼会议室，隆重举行了广西第四届花山诗会暨第八届广西诗歌双年展"又见村庄"研讨会开幕式。

副主席石才夫的致辞热情洋溢："时代需要有温度、有力量的诗歌，诗人理应有所担当。"石才夫指出，面对2020年突如其来的新冠肺炎疫情，广西诗人纷纷拿起手中的笔，创作了一系列优秀的抗疫主题诗歌，以诗歌书写家国情怀，体现了广西诗人的责任与担当。"我们要认真审视自己，既要自信，又要看到自己的不足，这样我们才可能进步。"《广西文学》杂志主编覃瑞强坚定地说。

《广西文学》杂志副主编冯艳冰接着介绍："经过八届广西诗歌双年展的磨砺，如今广西的诗歌生态良好，不但有'自行车''漆''麻雀'等诗群的合唱，还有双年展这个平台的展示。这次'又见村庄'联展，除了惊喜，也发现一些问题，就是乡村写作的格局较小，一些是小品式的组合，缺乏厚重的、有历史感的佳作。"

"现在到处可见广场舞与诗歌朗诵，诗歌如今是最经济的精神消费，诗歌还能让人建立一个虚拟的社区。"《北京文学》杂志副主编师力斌的发言，从他与广西的渊源，广西诗人湖南锈才的"后现代"笔名，以及与北京文学的渊源说起。他说，迄今为止，除了广西，没见哪个地方的综合性文学期刊，能这么"大方"地每两年拿一期杂志全部做诗歌双年展。我们欣喜地看到，经过多年的孵化，《广西文学》杂志诗歌双年展，今天已经成为诗歌界的品牌。师老师的发言客观真实，当然，也带有几分鼓励。

"《广西文学》杂志有情怀有担当，每两年举办一次诗歌双年展，这是一件功德无量的事。"《作品》杂志副主编郑小琼，很真挚地对《广西文学》杂志和广西诗人表示肯定和表达祝福。

"乡村不仅仅是人类情感的发源地，也是人们的精神还乡之路。"《诗歌月刊》杂志编辑部主任黄玲君说，"'又见乡村'，既是乡村的动态呈现，更是一种亲切的呼唤。"

"当前一部分诗人及作家的写作，忘了初衷，漠视来路，一律西化，这是丢了自己的根。诗歌写作应该回归现实，回望乡村，扎根土地。"《黄河文学》杂志副主编计虹的话语重心长。

"每隔一段时间，我必须回到农村去，我不能与它的距离太远。"《星

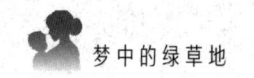

星》诗刊事业部主任李斌在发言中指出，写作不能光躺在城市想象乡村。李斌主任的话十分客观，发人深省。

人，什么时候也不能忘了根。作家、诗人当然更要这样。

为了寻根，当天下午，诗人们出发到黄姚古镇。十七年前，我曾经有缘到过这里，由于只是匆匆游览，许多东西都已遗忘，这次故地重游，发现古镇发生了很大的变化。古镇里一棵八百八十年的古榕，依靠人们特制的几个木桩，依然顽强地挺立着，像一把巨大的绿色雨伞，为人们遮风挡雨，也像一个巨人，顶天立地，给我留下深刻的印象。

游览了黄姚古镇，全身心得到放松，我陶醉在黄姚古镇的山水之间。

当天晚上，细心的主办方特意邀请我们一行在黄姚古镇演艺中心观看了一场《寻根黄姚》，有一句广告词十分精彩："不看《寻根黄姚》，不算到过古镇。"本来，我有点累了，因为第一天晚上没休息好，不想去看。但同行的诗人说，不看不算到过古镇。于是我一咬牙，出发。晚会果然十分精彩，是一场文化大餐。若是不去，真的会留下遗憾。

当天晚上，枕着"黄姚"这个美丽的名字，我安然进入了梦乡。

我的诗人梦，注定会继续下去。

三

第三天的行程也是十分紧凑，主办方安排诗人们游秀水状元村。这个村庄是国家级的历史文化名村。山水秀美，风光秀丽，文化底蕴深厚，全村充满神奇的色彩。

走进秀水状元村，我被一栋状元楼吸引。想不到在这个看似有点偏僻的山村，挺立着一栋宋代的状元楼，三进间的楼仿佛一个美男子昂首挺胸立于秀水状元村。令人感到惊奇的是，状元楼后有一座山，俨然一个坚强的卫士，守护着状元楼。这座神奇的山，我姑且称它为"状元山"。状元村挺立状元楼，状元楼依偎状元山，状元山守护状元楼，令人羡慕，叹为观止。

状元楼前还有一片荷花，在秋风中展示着最后的美丽，引得诗人们驻足观赏，与之合影留念。我想如果是在夜晚，如水的月光洒在荷叶上，该是多么如梦如幻。

正在想着，忽然看到一些诗人去围观一位中年画家创作，只见画家将古村的一间屋作为绘画对象，在支起的画板上熟练地描绘，气势如虹，惟妙惟肖，在场的人们无不为画家的高超技艺所折服。一打听，原来是广西艺术学院一名教授带研究生出来写生。艺术是相通的，诗人与画家眼神交流之后，画家继续专心创作，诗人们则随着队伍继续到福溪采风。

福溪村位于富川西北地带，是一个"脚踏两地（广西、湖南），目眺双关"的边陲文化重地，是一个"始于唐末，兴于宋朝"的古村。该村以灵溪河为福祉定居安寨，故取名"福溪"。福溪开村立寨以来，历经千百年形成了独特的文化风情和深厚的人文底蕴。境内建寨占卜以易经八卦与阴阳理学为理念，形成"十三门族十三楼，十三围群十三巷；四姓联袂四宗庙，诗礼宗风诗画扬；一渠一桥聚风水，两庙三台祭楚王，瑶汉文化彰情致，古韵古道文化昌"的文化品格。

在福溪，毓秀风雨桥也是引人注目的景观之一。它是富川二十七座风雨桥中风貌特殊的一座，因此，和富川其他风雨桥群被列为"全国重点文物保护单位"。那天，我从桥上走过，觉得它活灵活现，美观大方，堪称人文相映，风习相承，不禁大呼过瘾。

福溪的人文历史在于其强大的人文气场，而福溪的人文气场又在于其坚毅向上的淳朴民风。福溪是一个幸福的村庄，福溪又是一个幸运的村庄。福溪福溪，福在心中。

岔山村是此行最后一个采风的村庄。沿着被人们的脚步打磨得光亮的青石板，小巷子一直伸向远方。

岔山村被人们称为"潇贺古道入桂第一村"，铜古马，街上巨大的棋子，墙上的古老书画，各种特色小吃琳琅满目。

由于是此行最后一个采风的村庄，尽管有点累，脚步有点沉，我还是咬牙坚持着向前奋力前行。终于走到湖南省境内，那种依靠一双赤脚行走跨越的感觉，妙不可言。于是，登上重新修建的围墙，叫一起同行的诗人小李帮我拍照，作为奔向诗意远方的留影。那一刻，我相信自己一定笑得很灿烂……

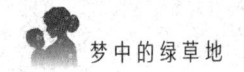

坚强乃人生的磐石

在生命的长河里，即使是幸运儿也不会一帆风顺。因为生活就是生活，人生无常，生活中既有阳光雨露，也有狂风暴雪。每个人在成长的过程中，总会遇到这样那样的困难。坚强乃人生的磐石，坚强的人会战胜一切艰难险阻，最终书写精彩的人生。

昨天晚上，我忽然看到一个小视频，一个七岁的小女孩叫秋亮，她的身世令人唏嘘。两岁丧母，父亲经不起沉重的打击，瘫痪在床上，从此，秋亮学会了坚强，用稚嫩的双肩挑起照顾爷爷、奶奶和父亲的责任。秋亮讲文明懂礼貌，品学兼优，最终感动了人们。在善良的人们和公益组织的帮助下，秋亮家建起了新房，摘掉了贫困户的帽子，用自强自立赢得了人们的尊敬。秋亮热心，懂得感恩，帮助了不少困难的同学，得到人们的称赞和好评，被中央文明办、教育部、共青团中央等部门评为全国新时代好少年（全国仅十名），秋亮的人生大写着坚强！当人们问她将来有什么打算时，秋亮坚定地说，以后在家乡当老师，既可以照顾爷爷、奶奶，又能更好地帮助别人。看了关于秋亮的小视频，我感动得热泪盈眶！坚强乃人生的磐石，秋亮就是最好的例子。

我所在的海滨城市，一位叫翟哥的平凡英雄的故事也是感天动地。他常年投身公益活动，献血量累计达到一万毫升，爱的足迹曾遍布每一个角落，直到他病危之时，还不忘要将自己的眼角膜捐献给他人，让失明者重见光明。翟哥用自己的爱，书写了另一种坚强！这样的人生也是富有意义的！

还有北海市侨港镇边防派出所骆所长，纵身跳进波涛汹涌的大海，用牙齿咬着缆绳游向燃着熊熊烈火的渔船，顽强地将船拖离危险地带，避免了一次重大责任事故，最终献出了宝贵的生命。把生的希望留给别人，把危险留给自己，骆所长的光辉人生也大写着坚强！

正是这一系列大写的坚强，为灿烂的人生打下坚实的基础，谱写了生命最精彩的华章！

生命的花园

（一）遥寄父亲

父亲，我一生孝敬、亲爱的父亲，自从十八年前那场无情的秋风，将您的生命之叶掠夺，每到深秋，我坚强的内心，仍然莫名其妙感到一阵阵隐痛。

父亲，自从您被病魔夺去宝贵的生命，

母亲，顽强地带着我们兄妹几人，坚守着属于我们全家的生命的花园。

父亲，我一生感恩的父亲，您不仅给了我生命，

教会我如何做事做人，还教会我读书认字，给予我文化底蕴，而今，您疼爱的三儿已长大成人，

用您一生良苦用心，教育积累下的学问，

开始学吟诗作对，开始习画画书法，懂得真诚待人，文明有礼，懂得涌泉相报滴水之恩。

父亲，我慈祥、亲爱的父亲，

不知不觉，一转眼之间，您已离开我们十八年。

母亲和我们兄妹几人，学会了坚持与隐忍，

而今，属于我们全家的花园，

花儿盛放，彩蝶飞舞，您亲手栽培的小树枝叶茂盛，我们一切安好！

敬请父亲大人，您放心！父亲大人，现在天气冷了，

您在另一个世界还好吗？会不会孤独？会不会寒冷？

儿子今天奉上这首散文诗，奉上母亲及我们兄妹对您的深切缅怀和思念，愿另一个世界的父亲一切安好，

安心休息好——

快快乐乐，开开心心！

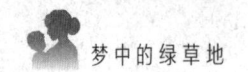

（二）母爱如海

父爱如山，母爱如海，父母之恩三天三夜也说不完，父母之恩，儿女一辈子也报不完。

当年父亲走了，天塌了一半，善良的母亲坚强地担起父亲的责任，撑起了另一角的天空。

我们家的花园，得以继续薪火相传；我们家的花园，得以继续享受阳光。

母亲矮小的身躯，爆发出惊人的力量，母亲用她曾经娇嫩的肩膀，挑起了养育全家几兄妹的重担，缓缓流淌、清澈见底的北仑河水哦，见证母亲用双肩挑起一担担沉重的沙子，从船上挑到几十米高的码头，沙子堆积成山，母亲没有文化，但是母亲用她的勤劳勇敢，用她的倔强，教会她的儿女们如何傲立于天地之间。

我的善良美丽的母亲哦，没有您的精心养育，就没有我们今天的幸福和美好的生活，您用无声的行动教会三儿知足常乐，即使面对滔天的巨浪也能坦然从容，宠辱不惊，笑对人生！

三儿唯一的遗憾，是无数次您老人家不慎受伤，儿子都是匆匆探望一下，未能尽儿子的一份孝心，未能守在您的病床前。

而明白事理的母亲每次总安慰我，儿子呀，工作不能耽误，工作要紧。每次告别母亲的时候，我都是泪眼蒙眬。

自古忠孝难两全，母亲用她的大爱来包容！母爱如海，情深无边！

伟大的母亲在我们家的花园里最灿烂。您的爱，将激励着我们兄妹好好生活，感恩母亲，感谢母亲；您的爱，更是照亮我的明灯，为了不辜负您的爱，儿子会坚强地奋力前行，祝福您健康长寿！

伴着儿女们天长地久到永远！

只是天意弄人，2019年7月30日，慈祥的母亲永远合上了双眼，每每念及母亲，三儿的心仍如刀割，不争气地泪流满脸……

（三）爱人如诗

在生命的长河里，你是一枚吐露芬芳的花儿，永远盛放在我的生命里。

曾经的磨难，在你深情的注视下，消失得没有了半点踪迹，所有忧伤苦痛的伤口,都在你的轻声细语里医治痊愈。

多少个日日夜夜,你伴着我,十指相扣,灵魂相依,在生命的长河中,你是一首美丽动人的诗!

你的歌声曾经是那么甜美,仿佛一只小百灵,飞进我生命的小窗里。你善良温婉动人的笑容,使我瞬间将人世间一切苦痛忘记。我不是猎人,但我甘愿,你是天涯海角被我追赶的小鹿。

正是你的一回头,我,瞬间被你深深吸引,从此,天涯海角,留下我们相爱的足迹,你成了我生命里的一首诗。

我,每时每刻、每分每秒都在大写三个字。

写我们相亲相爱的小诗,我坚信另一个世界的父母,正用慈祥的目光,注视并祝福我们。

你是我的妻,是我生命中一首美丽的诗。

今生今世,我会珍惜保护好你!

(四)兄是一块田

心是一块田,永远种着希望与欢乐;兄是一块田。

长兄如父,自从父亲走后,长兄自然而然,挑起属于兄长的责任。

照顾母亲,关爱弟妹,后来,我才明白当年老父亲的良苦用心,小时候爸爸给哥哥起的名字,带有一块田。

心是一块田,种植勤劳节俭;兄是一块田,装饰着我们家的花园。而今,老父亲的在天之灵,可以欣慰地看到,当年所有善良之因,而今都结下幸福之果。

上苍,保佑着年迈的母亲,身体健康,小花朵们,在阳光的照耀下,已经茁壮成长,已经学会感恩、学会回报,一个个即将成为参天大树。

兄是一块田,兄长的田,充满希望与欢乐,饱含兄长对弟妹的期待与包容。

(五)傲雪的红梅

红梅傲雪凌霜,姐姐的名字带雪带梅,

充满诗情画意,南方多雨,南国无雪,

慈祥的老父亲,当年为何要为出生在南国的姐姐,起这带着雪花和梅花的

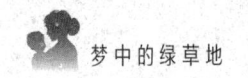

名字？

直到今天，我才猛然领悟当年老父亲的真正用意。

父亲期待姐姐，在生命的长河中，宛如雪中红梅，

在风雪之中傲立，知女莫若父，知父莫若女，

姐姐按照父亲的意愿，像梅花那样文雅，似雪花一般纯洁，难能可贵的是，姐姐还拥有一颗善良的心。

经历风霜雨雪，经历高温酷暑，助人为乐，排难解忧，解燃眉之急，姐姐从来不计较个人得失，

哪怕是陌生人求助，姐姐也会给予无私帮助，

因此，姐姐赢得了远近人们的赞誉。

姐姐就是严寒中的一枝梅，傲立枝头，在雪花之中，在我们家生命的花园里占了重要的一席。

可亲可敬的姐姐，有一个优雅美丽的名字：

——雪中梅花，冰清玉洁！

（六）腾飞的小鸟

生命的花园，不仅仅有花草；

生命的花园，不仅仅有树苗；

生命的花园，还有小鸟，小鸟从喳喳学语、从需要绿树庇护，到今天振翅高飞！

小鸟长大了，可以离开枝头，它的未来在蓝色的天空，它的美好在飞翔；

只有迎着疾风骤雨，只有经历各种历练；

小鸟的翅膀才会硬，小鸟的意志才会坚强。

放飞梦想呀，你的未来在苍穹，奋力飞翔吧，

你的世界需要勇敢，高高地飞翔，书写瑰丽的人生！

亲爱的女儿，爸爸衷心祝福你：

在我们家的花园里，你永远是一只，高高飞翔的善良又勇敢的小小鸟！

祝福你，鹏程万里！

永远幸福、快乐、安康！

诗之缘

2020年国庆节期间,在《名家典藏》总编张富成老师的帮助下,我有缘添加了著名诗人李发模老师的微信,心中十分高兴。

与发模老师的神交始于20世纪90年代,当时,发模老师已经是全国著名诗人,他的代表作《呼声》等享誉大江南北,是一位令人敬佩的实力派诗人。但发模老师为人真诚有涵养,没有半点名人的架子。

90年代,国家开始实行双休。当时,我加入了广西作家协会,工作单位是钦州市中级人民法院。由于个人爱好,双休日,我志愿到《沿海侨报》担任副刊《故乡月》的编辑,为了更好地编辑副刊,我向许多名家约稿。记得信发出没多久,便收到发模老师的大作《邀饮》(外二首),三首诗都十分精彩,意味深长。全诗不长,特摘抄《邀饮》第一首:"勿须探知彼此,我们/同在一种方程式里/乘以世事/除以小小的自己/得出X/之后,且看/哪里有好酒/哪里有好诗/酒罢诗后/再野鹤闲云,无姓无名/遁于'无'中,管它/谁非/谁是"。发模老师这三首大作,意境深远,耐人寻味,后来我反复研读,爱不释手。于是,决定为发模老师的诗写一篇小文作为评论。现在回想,真的是有点不知天高地厚了,居然敢"关公面前耍大刀"。令我意想不到的是,当我将评论《与酒无关——读李发模〈邀饮〉》寄给发模老师时,发模老师回信给予了充分肯定,并鼓励我在文学的道路上继续努力前行。刊登发模老师大作的1996年5月30日的《沿海侨报》我一直珍藏至今。由于时间久远,报纸发黄了,但发模老师的这几首诗,宛若一碗陈年酒,越来越香醇了。

发模老师这么多年一直辛勤耕耘,迄今为止,发模老师已出版诗集、散文集等共六十多部著作,是目前当代中国最有诗人气质和诗歌才情的作家之一。国庆节期间,发模老师在《名家典藏》发表了一组诗《崖上多意会》,还有精彩诗评《诗该回到民众之中了》,诗和诗评都有发模老师深邃的思考,可喜可贺。

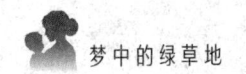

我与发模老师因诗结缘。今后在文学创作的道路上，有发模老师的悉心指导，我信心满满，一定会有所进步。我也暗暗下决心要继续加倍努力，报答发模老师的知遇之恩，欢迎老师来海滨城市钦州市做客！方便的时候我再去拜访老师，聆听老师的教诲！

著作等身的恩师

用著作等身来形容恩师蔡旭，或许再合适不过了。我是1986年前后认识蔡旭老师的。当时，蔡旭老师是《广西工人报》副总编，而我是钦州市中级人民法院的一名法官，同时也是一名文学爱好者。那个时候，我对诗歌，尤其是散文诗十分喜欢，因此，业余时间便写了一些，如《碰碰车》《舞厅与画室》《失效的蚊香》等，我便试着寄给蔡旭老师，每次蔡旭老师都耐心地给予指导。作品在报纸上发表，并得到回信鼓励。我因此走上散文诗的写作道路，蔡旭老师自此成了我的恩师。

1988年，他调到海南。从《海口晚报》总编辑、海南省作家协会副主席任上退休后，六年前又迁居珠海。几十年来，除了忙于报社的编务、事务，蔡旭老师辛勤创作，出版了三十三本散文诗集。

从《彩色的明信片》到《散步的诗》，从《微笑是最好的笑容》到《保持微笑》，从《童心到父心》到《爷爷在婴国》，从《蔡旭寓言散文诗选》到《有故乡的人》，蔡旭老师的散文诗视野很广阔，视角也十分独特。许许多多看似平淡无奇的生活琐事，一旦进入蔡旭老师的视野，便碰撞出火花，创作出一首首具备"抒情、哲理、内在音乐性"三要素的散文诗，可以说经过多年的修养积累，蔡旭老师已经达到了左右逢源、炉火纯青的境界，令人敬佩。

蔡旭老师除了写散文诗，还写了许多散文和评论，是一个多面手。20世纪60年代初就读复旦大学中文系的经历，使蔡旭老师打下了坚实的基础。而当时编辑校报的经历，也为日后的编辑生涯注入了强大的力量。蔡旭老师的散文诗写得非常精彩，散文也十分真挚细腻。近期，蔡旭老师出版了一本散文集

《一篮往事》，其中有一篇献给他母亲的散文《一个有许多缺点的伟人》非常感人。蔡旭老师下笔不凡："伟人也有缺点，这一点大家都很清楚了。其实，也可以反过来说，一个有许多缺点的普通人，也有可能被人们看作伟人。又，大家都认同母亲的伟大，我也一样，那母亲也就是伟人了。我写的就是我的母亲。"朴实无华的文字，充满哲理，给人以启迪。蔡旭老师寥寥几行字，就唤起人们对母亲的真挚感情。文中的母亲"大胆"而有正义感，热心助人，给人留下了深刻美好的印象。尤其难能可贵的是，他写到了他深爱的母亲的一些缺点，使母亲的形象更真实生动、亲切感人。蔡旭老师对发生在1979年，甚至是更远年代的事情、人物、故事的细节描写都栩栩如生，令人敬佩，所谓细节决定成败，的确有道理。蔡旭老师能做到常人所做不到的。蔡旭老师在散文结尾处用了一首散文诗，将整篇散文引入高潮，使人读了这篇洋洋万言的散文，内心产生强烈的情感共鸣。掩卷而思，久久不能平静。

蔡旭老师就是这样，借用评论家崔国发老师所说的："零距离切入日常生活，举凡自然、社会、人生，以及他所熟悉的人、熟悉的事、熟悉的景、熟悉的物等，都纷纷走进他的诗里行间。"正因为如此，蔡旭老师的散文诗才情得到淋漓尽致的发挥，正因为如此，蔡旭老师的书能得到专家青睐，受到读者喜欢和粉丝喜爱。

蔡旭老师做到著作等身乃情理之中，近日，其五年前的著作《蔡旭散文诗五十年选》由复旦大学出版社重印发行，便是一件值得老师和读者欢喜的事了。

多才多艺的青松老师

宋青松，著名词作家，研究馆员，北京市哲学社会科学和文学艺术领军人才。全国"五一劳动奖章"、中宣部"五个一工程奖"、"中国音乐金钟奖""中国人口文化奖"等奖项获得者。代表作是《长大后我就成了你》。著有诗歌、歌词作品一千五百余篇（首），出版歌词作品集四部，获得各种奖励

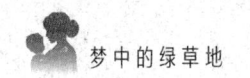

一百余次。主要作品有《学做雷锋》《到人民中去》《我把健康托付你》《大国工匠》《和父母照张相》《又见乡愁》《今夜草原有雨》《大森林记得一棵树》《我们一起好》等几百首歌曲。

今年10月，在"音乐文化"平台上品读宋青松老师作词的歌曲《心境》，这首由肖绍静作曲、刘晶演唱，并被青松老师称为"境由心造"的歌曲，只是青松老师诸多歌曲中的一首。境由心造，境由心生。青松老师的歌曲，达到了一种新的境界。

喜爱音乐的朋友，或许都听过青松老师的一首代表作《长大后我就成了你》。这首歌的歌词，在全国"虹雨杯"歌词大赛中荣获一等奖第一名，由王佑贵作曲、宋祖英演唱，红遍了大江南北。

2007年，我有缘认识了青松老师。当时青松老师是中国音乐文学学会的秘书长，他与蒋开儒、肖白、阎维文、藏云飞等一批全国知名的艺术家走进广西北部湾。由于工作关系，当时采风全程都是由我负责接洽，一来二去，大家都熟悉了。尽管诸位老师都是名家，却没有半点架子，给我留下了非常美好的印象。

同年秋天，我到北京办事，青松老师知道后，特意到我入住的酒店看望我，并交代我在北京若是有什么需要，可以直接联系他。着实令我感动。

之后，组织派我到乡镇当书记，一晃几年过去，我一度与青松老师失去了联系。直到前段时间，一次偶然的机会，我从一位文友那里探听到青松老师的消息。我高兴极了，立即请求加青松老师的微信，青松老师很快通过，我们又恢复了联系。拿着手机，望着青松老师的微信头像，我仿佛紧紧握住了他温暖的大手。

几年不见，青松老师的创作取得了丰硕的成果。一篇篇佳作接连发表，仿佛从土地里喷涌而出的泉水。除了歌词，青松老师还创作、发表了大量的小说、散文、诗歌等，得到广大读者的好评，拥有无数粉丝。

百忙之中，青松老师还创办了"音乐文化"平台，并与金松等老师合作，为我国二十四个节气注入鲜活的生命原色，将节气写成歌曲和一篇篇美文，进行诵唱。在青松老师的手中，雨水节气被比喻为"水彩笔"，意境优美，耐人寻味。

青松老师多才多艺。多年以来，他一直辛勤耕耘，他的作品大多唯美大气，充满正能量和美感，富有哲理，给人启迪，鼓舞士气，激励人心。

我于远方，期待并深深祝福，愿青松老师创作之树常青，佳作多多。

亦师亦友的景丰兄

20世纪90年代，通信还比较落后。人与人之间的联系主要依靠书信。那个时候，作家田景丰在广西柳州市广西十一冶任宣传部部长兼报社社长，我在广西钦州市中级人民法院当法官，当时景丰先生已经小有名气，而我只是一个文学青年，对文学的酷爱使我与景丰先生成为好朋友。当时，我称景丰先生为兄长，十分敬佩他的为人为文。

景丰先生是贵州贞丰县人，中国作家协会会员，生于1949年，比我大十多岁。他笔名"耕者""一凡"（从他的笔名可以看出他为人处世的态度和对文学的热爱与执着的追求）。他高高的个头，英俊的容貌，颇有几分阳刚之气，十分洒脱。但是，真正令我敬佩的是景丰先生的才学，他为人低调谦和，对朋友则满腔热情。那天（应该是90年代初的一天），我坐绿皮火车到了柳州，按约定到景丰先生的办公室。那天我搭一辆两轮摩托车前往，司机有点冒险，从两辆货车之间穿过，那惊险的场景令我至今难忘。当我平安到达景丰先生的办公室，握着他的大手时，景丰先生用他浓重的贵州口音，向我表示热烈欢迎。坐在他不太宽敞的办公室里，健谈的景丰先生谈了许多，主要是介绍他的写作历程。

景丰先生在小说、散文、散文诗等方面都有许多建树。他的小说集《高高的白杨树》《漂亮的女邻居——六号楼轶事》刚刚出版，景丰先生看到我喜欢，便亲笔签名后赠送给我留念。我忽然觉得景丰先生就像一棵高高的白杨树，每天都迎着阳光，热情拥抱大自然，笑傲生活。

柳州之行，虽然来去匆匆，中途还经历了一些意想不到的惊险，但我收获颇丰。从景丰先生身上，我学到了许多弥足珍贵的东西，那就是勤奋好学，辛勤耕耘。在景丰先生的鼓励和支持下，我结集出版散文诗集《轻轻地对你

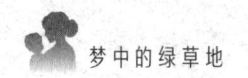

说》并入选"中国99散文诗丛",我也光荣加入广西散文诗学会,后来又加入广西作家协会,这些成绩的取得,都与景丰先生的支持分不开。我一直铭记于心!

我从柳州回来不久,景丰先生于1994年调到广西工学院任党委宣传部部长兼院报主编,之后他接连出版了个人专著《我迷恋的沼泽地》《穿过秋林》《未曾相约》《人在旅途》《边看边说》《扯不断的牵挂》等。景丰先生在创作大量文学作品的同时,还主编"中国99散文诗丛"、《中国散文诗大系》(担任副主编)、《当代散文诗》等一百余种图书。2007年,景丰先生荣获中国散文诗重大贡献奖!

我与景丰先生原来一直保持通信联系,后来由于我到沿海一个乡镇任党委书记,工作千头万绪,所以与景丰先生的联系中断了。现在虽然有了微信,我也曾多方打探景丰先生的消息,但令人遗憾的是目前还没有联系上。景丰先生是我文学创作的良师益友,我期待早日联系上景丰先生。我相信缘分。借此,祝景丰先生在文学创作上取得更加辉煌的成果,祝福景丰先生身体安康!笔健!

诚信乃立身之本

古人曾云:"人而无信,不知其可。"人之所以无愧于"人"的称号,立于天地之间,除了大爱、善良,还有一个重要的因素,就是诚信。难怪社会主义核心价值观对公民层面的要求之一就是诚信。

诚信乃人生的立身之本,是一个人的基本道德要求!离开了诚信,人或许会寸步难行。君不见,人民法院对于失信的老赖一向是从严惩戒的。不让他们坐飞机、搭动车,甚至限制高消费。这样一来,失信者受到了应有的处罚。相信,一些失信者会迷途知返!所谓浪子回头金不换,值得期待。

我在文海泛舟多年,由于热心肠,也由于乐于助人,信任我的朋友不少,我信任的朋友也不少。只是,近日遇到一件令人气愤的事,一家有一定名气的出版社，收了近十个作家（诗人）的作品，拖了一年多之后，发了一份毫无诚意的说明，称合作中断。令人失望至极！试问：这样的出版社以后谁还敢相信？！作家、诗人们对此除了表达愤怒，还表示保留诉诸法律的权利。事情的进一步发展，拭目以待。新的一年，谁也不想闹得不愉快。劝君不妨听我一句，诚信乃人生的立身之本。失去诚信，有朝一日，你会尝到自己种下的苦果。朋友，请三思！

分享朋友的喜悦

一个"月"加上一个"月"是"朋"，而"友"，甲骨文字像同一个方向的两只手，表示以手相助。朋友的本义代表友好。古人云：路遥知马力，日久见人心。在我为数不多的文友中，子鸿是一个相交多年的好朋友。

之所以能够和他成为好友，除了共同的兴趣爱好，相互理解与包容也是关键。我常想，人生不易，既然上苍让我们相遇相识，彼此经历一些人世间的风风雨雨，彼此就应该好好珍惜。想当年，在年少不懂事，不晓得人生有许多深奥学问的时候，我与子鸿就组织了一家文学社。我们一起畅谈人生，一起吟诗作对。因为，我们所在的城市属于海滨城市，我们给文学社起了一个很有诗意且好听的名字，叫"浪花"。缘于这朵小小的浪花，我们以兄弟相称，一直玩耍了那么多年，成为一对形影不离的好朋友、好兄弟！平时我写了诗文，基本是第一个分享给子鸿。若是子鸿做了精彩美篇，比如《神奇的圣堂山》相当精彩，我也是第一个有缘学习、欣赏。受到子鸿的影响，我从此喜欢上美篇，并且一发不可收。我写了不少诗文，子鸿都给予鼓励和支持。那年大年初五，我和子鸿畅游新开张的园博园，陶醉于绿水青山之间，我们都拍了不少精彩的照片，精心编辑做成美篇作品，彼此分享。那是我的第一个美篇作品，我一直珍藏着，尽管手机卡到无法运行，也舍不得删掉，毕竟是我的美篇处女作，而且是和子鸿兄弟一起创作的，相当有意义。从此，分享朋友的喜悦成为我们的一种习惯。

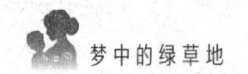

这天下午刚刚下班，子鸿忽然打来电话，说想买一辆新车，邀我过去帮忙参谋。当时，天将黑，但我二话没说，与子鸿赶到车行，经过精心挑选，子鸿终于选好他心仪的爱车。取车那天，天气很好，子鸿满脸春风，看到他那么开心，我也深受感染，好朋友是人生一笔难得的财富。我们每个人都有自己的好朋友，将自己的喜悦多分享给一个朋友，就仿佛多了一份欢乐！

其实，分享美文也是这样的道理。只要不过分、不扰民，将自己的喜悦、自己的欢乐，分享给诸如子鸿这样的朋友，即便自己累点，又何乐而不为呢？！

将心比心，推己及人

一个偶然的机会，我看到一个文友发在朋友圈的话："人生难得的智慧是将心比心，推己及人。"朋友的话，平凡普通，却十分有理，相信不少朋友也会赞同。俗话说得好，将心比心，推己及人，体谅别人实际上是体谅自己，蕴含着丰富的人生哲理。善于站在别人的角度，用自己的心思来推想别人的心思，设身处地替别人着想。这更是人生的一种大智慧。一个人懂不懂包容，会不会体谅别人，与个人的心胸有关，也与个人的修养有关。试想一个斤斤计较、凡事都认为是别人错的人，要想得到他的理解和包容，恐怕不是一件容易的事。凡事知道从别人的角度出发，懂得设身处地为他人着想和考虑，这是十分难得的。这不仅体现人的心胸是否宽广，同样体现一个人是否有修养，而且更体现出一个人的大智慧。

将心比心，推己及人，即使是古代，也不乏生动的典故。

相传春秋时，有一天晚上楚庄王为酬谢有功将士大摆酒宴，开怀畅饮。大家正在兴头上，在一片轻歌曼舞中，忽然之间，灯全部熄灭。黑暗中庄王的爱妾被人调戏，爱妾急中生智，一把抓下那人的帽缨，让庄王点灯，打算捉拿那个调戏她的人。岂料，庄王不但没有发怒，反而说"无妨，宴乐饮酒自不必拘泥小节"，并让所有的人都取下帽缨。当灯火再亮时，将士中无一人有帽缨，爱妾顿时无语。转眼过了三年，有一次楚军与晋军交战，楚军处劣势，突然，一位战将奋不顾身地冲向敌阵,扭转了局势,反败为胜。原来冲向敌阵的战将,便是当年调戏庄王爱妾的人。当年,庄王是经路窄处留一步与人行,体现庄王的宽厚仁爱之心,终于在关键时候发挥了作用。

无独有偶,李靖曾任隋炀帝的郡丞,最早发现李渊有图谋天下之心,便向隋炀帝告密。李渊灭隋后要杀李靖,李世民再三请求保下李靖之命。后来,李靖驰骋疆场,征战不疲,为唐王朝立下赫赫战功。亦是其中一个生动事例。

据传,有一年冬天,齐国下大雪,三天三夜都没有停。齐景公披一件狐腋皮袍,坐在朝堂一旁的台阶上欣赏雪景,觉得景色美好,心中盼望如果多下几天景色则更美。此时,晏子走了过来,若有所思地望着翩翩飞舞的雪花。齐景公说:"奇怪,下了三天雪,一点都不冷。"晏子看齐景公皮袍裹得紧紧的,便故意问道:"真的不冷吗?"齐景公点了点头。晏子知道齐景公没有理解他的意思,就直爽地对齐景公说:"我听闻古代贤德的国君,自己吃饱了却知道别人的饥饿,自己穿暖了却知道别人的寒冷,自己安逸了却知道别人的劳苦。"齐景公被晏子说得哑口无言,是因为他没有将心比心、推己及人啊。

唐代诗人李白、杜甫分别被人尊称为"诗仙"和"诗圣"。两位大诗人在京华(一说洛阳)一见如故,惺惺相惜。分别时,李白专门写了一首诗:"天下伤心处,劳劳送客亭。春风知别苦,不遣柳条青。"将两人的分别之苦刻画得淋漓尽致。由此可见,慈悲为怀的诗人,总是善于设身处地去体会别人的心境,总是善于推己及人地为别人着想。

以上事例无一不说明将心比心、推己及人的重要性,的确值得好好学习、借鉴。

亲爱的朋友,你说呢?

诗人的"急"与诗评老师的"善"

笔者从来都没有将自己视作诗人,至于何谓"诗人",笔者以为或许就是那些喜欢写作诗歌的人。因为有一些人不过是偶尔在私人的微信公众平台上发

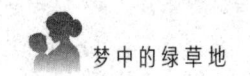

表三两首"诗",便大言不惭地在自己的名字前贴上一个"诗人"的标签,着实把笔者吓了一跳,着实令笔者汗颜。有鉴于此,笔者虽然也喜欢写诗,但绝对不敢承认自己是一个诗人,为了充分表明态度,我还专门写了一首小诗《我不是诗人》,的确算是诚惶诚恐,如履薄冰。以上这些算是这篇小文的开场白,读者诸君肯定会读懂笔者的内心。

　　首先说一说,诗人的"急",急什么?急于求成!诗人海子写了不少诗,海子在他短暂而宝贵的生命中留下了不少佳作,其中一首充满对人生的眷恋和对生命的憧憬,那首诗就是《面朝大海,春暖花开》:"从明天起……"不怕你见笑,第一次听到徐涛老师感人肺腑的朗诵,我是泪流满脸的。谁也不会想到海子在完成这首佳作后不久,在山海关卧轨自杀,以极端的方式结束了年轻的生命,海子此举也是有点"急",当然,海子丝毫没有急于求成的意思,或许是走进死胡同,急于挣脱出来吧。不得而知。而今有一些爱好者,写上三十几首诗,便急不可耐,一是急于发表,为了达到此类目的,甚至抄袭,一稿多投,等等。其次是急于得到人们的承认,希望听到别人夸奖、点赞、表扬,等等。还有更甚,只要你改动一下他的诗,他便和你"急",一下从无话不谈的朋友变成仇人,屏蔽、删除、拉黑,无所不用其极。诸如此类的诗人还不止一两个,应该引起足够的重视。笔者一直以为写诗只是陶冶一下个人情操,图个开心而已,生活中的许多东西毕竟是是诗而非诗的。诗人对多彩世界除了保持感性之外,还应该保持一份理性,一份对人生的清醒认识。

　　上述说了不少关于诗人的"急",再来说一说诗评老师的"善"。我两年前认识并加入兰苑文学,然后成为诗评老师,我为兰苑文学的许多诗人写过诗评,印象中有兰小兰、云峰人、无弦、红酒等一批诗人。但是,究竟有多少篇,笔者自己也数不清,诗评老师其实是一片绿叶,大多数时候是映衬诗人这朵红花的。正可谓红花需要绿叶衬。说得通俗一点,诗评必须甘于做无名英雄,既然无名,鲜花与掌声注定不属于你。笔者有缘做了两年多的诗评老师,任劳任怨、无怨无悔,努力做到点评好每一首诗,当然,由于个人的水平、时间、精力均有限,点评不可能首首精准,也不可能做到让每个人都满意。但是从总的反馈来说,大家还是喜欢的,这虽然是义务劳动,虽然辛苦,但辛勤地付出了,依然收获了快乐,尤其是看到不少诗人在兰苑文学这个平台取得长足进步,内心是十分欣慰的。曾经有诗人向笔者提意见说:"老师太善良了。点评都是表扬多,批评少。"我是虚心接受批评的,诚言,笔者是个内心善良的人,除了善解人意(知道写诗不易),还热心助人,以善待人。总想给诗人多点鼓励支持,多点掌声,而不愿意多给诗人泼冷水,尤其是一些刚刚起步的诗人,我不希望因为我,他们的希望之火熄灭。于是,我既接受这个意见,又比较含蓄巧妙地对诗提出意见或建议。我坚信,只要彼此之间理解,诗人的"急"与诗评老师的"善"之间的关系总会很好地磨合,作为诗评老师,我建议诗人勿急,总会有成功之日。

寒露时节话寒露

在白露时节,我写了一篇小文《白露感怀》,得到不少老师和朋友支持。2020年中秋节,恰好遇到了国庆节,喜迎双节。

今天,在欢乐愉快的心情中,又迎来了寒露。在二十四个节气中,寒露是第十七个节气,而在秋季,它是第五个节气。

寒露节气后,昼渐短,夜渐长,日照减少,热气渐退,寒气渐生。昼夜温差较大,晨晚略感丝丝寒意。常言道,"白露身不露,寒露脚不露",十分有理。

寒露时节,南方秋意渐浓,气爽风凉,少雨干燥;北方则从深秋即将进入冬季。

元朝吴澄《月令七十二候集解》曰:"九月节,露气寒冷,将凝结也。"意思是寒露气温比白露时更低,地面的晨露冷,快要凝结了。古人往往将寒露作为寒气渐生的表征。

寒露节气之后,热气消退,寒气渐生,天气逐渐转寒。我国南方各地气温继续下降,意味着秋天开始接近尾声。在华南,日平均气温大都是20℃左右。即使在长江沿岸地区,气温也很难升到30℃以上,最低气温可降至10℃以下。近年来,由于全球气候变暖,气温下降日期或有所推迟。西北高原除了少数河谷低地以外,(五天)平均气温普遍低于10℃,用气候学划分四季的

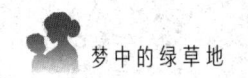

标准衡量，已是冬季了，千里霜铺。

由于天气变冷，树叶变黄，人要注意做好自我保护。因此，民间有吃三样、喝三样、做三样的说法。所谓"吃三样"是指吃芝麻、吃柿子、吃冬枣，"喝三样"即喝山药百合粥、喝木耳莲藕汤、喝川贝雪梨汤，"做三样"主要是指泡脚、运动、休息（早睡早起）。专家称，若是注意吃喝，注意休息，便可以保护好身体，温暖过冬。

因为，寒露之后，霜降将至，再往后便是立冬了。立冬，就意味着冬天开始来临。有诗云："冬天到了，春天还会远吗？"

是的，心若在，梦就在。只要心向阳光，我们就不怕风雨，不惧寒冷。请坚信：生活，除了眼前的苟且，还有诗和远方！

从秋天进入冬天的状态
——闲话霜降

我以前真的是有点疏忽了，居然不注意每个节气，不知不觉让每个节气从指尖滑过去了。今年，我欣然接受一个朋友的建议，要做生活的有心人。于是，中秋时节，我写了一篇小文《寒露时节话寒露》。今天，怀着愉悦的心情，我将目光又放在一年一度的节气——霜降上。

霜降，是二十四节气之第十八个节气。每年10月23—24日交节。霜降是秋季的最后一个节气，是从秋季到冬季的过渡。霜降节气的特点是早晚天气较冷、中午则比较热，昼夜温差大，秋燥明显。

由于霜是天冷、昼夜温差变化大的表现，故以"霜降"命名这个表示"气温骤降、昼夜温差大"的节气，非常恰到好处。

霜降时节，万物毕成，毕入于戌，阳下入地，阴气始凝。俗话讲，"霜降杀百草"，霜降过后，植物渐渐失去生机，大地一片萧索。霜降不是表示"降霜"，而是表示气温骤降、昼夜温差大。霜降过后，深秋景象明显，冷空气南下越来越频繁，给人最大的感觉是冷。

霜降节气反映的是昼夜温差变化较大、秋燥明显、天气渐渐变冷的气候特征，并不是表示进入这个节气就会"降霜"。其实，霜并非从天而降，霜是地面的水汽由于温差变化遇到寒冷空气而凝结成的。在气象学上没有"霜降"的概念，气象学上一般把秋季出现的第一次霜称作"早霜"或"初霜"，而把春季出现的最后一次霜称为"晚霜"或"终霜"；从终霜到初霜的时期，就是无霜期，霜通常出现在秋、冬、春这三个季节。

霜降节气，民间的主要风俗有赏菊、吃柿子、登高远眺、进补等。霜降时节是秋冬气候的转折点，是阳气由收到藏的过渡，养生应注意做好"外御寒、内清热"。于是便有"冬补不如补霜降"的讲法，秋令属金，脾胃为后天之本，此时宜平补，尤其应健脾养胃，以养后天。

我曾经写过一首诗《从秋天进入冬天的状态》，全诗如下：

从秋天转入冬天
从坐着
到站立无非要学会适应
秋天不会回来
凉爽宜人也不再
进入生命的冬天
肯定是面临着寒冷
保持乐观向上是关键
心暖了，身就不会冷
不要嫌弃旧衣裳
旧的有旧的好处
不会招人稀罕
人坐久了，会困倦
此时，应该站一站
男子汉大丈夫
就是要做立于天地之间
做一棵挺立的树
昂首挺胸，目光如炬

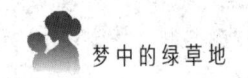

会有人为你喝彩点赞

偌大的世界总会有人欣赏

只要不低下宝贵的头颅

即使卑微,也大写着坚强

从秋天进入冬天

切莫忧伤

冬的后面就是温暖心灵的

春天,春天一到

百花盛放,你的灵魂不会孤独

更不会寒冷

相信我

心若在,梦就在

除了自己,永远无人将你打败

从秋天进入冬天

自然而然

保持着快乐与开心的

生命状态

  这首诗在一个文学小平台上推出后,不少文友都点赞支持,有的还做了精彩留言。例如,文友慧心留言道"学会适应,不低下高贵的头颅,从秋天转入冬天,不必悲哀……美好的诗,给人力量,让人振奋,读来有无穷的正能量";文友旷野风留言称"辞别秋的凉爽与斑斓,尽享冬的旷达与茫茫。为诗文的内蕴、精神品质、生活态度点赞";文友观海山人见解独特,他说"在秋转入冬的时节,读到如此应时美诗,感受季节交替、时光流逝,充满思考的力量";文友冷颜则留言"若心有阳光,就不怕寒冷";等等。文友的鼓励与支持给我满满的正能量,也是我坚持创作的力量源泉。

  其实,从秋天进入冬天,的确是磨炼人的意志,寒冷的感受,对人来说是一种考验。

  但是,只要我们有一颗平常心,坚信便能克服一切困难。心,向着阳光,就不惧寒冷!

敲响新年的钟声

一

元旦的钟声,悄悄地敲响,新年的阳光,带着温暖的光芒,给美丽的钦州城注入了崭新的希望……

世间,往往就是这样,冬去春来,四季轮回。传递着文明,播洒着阳光,播种着希望……

二

在过去的2020年,我们众志成城,心连着心,克服诸多困难。我们依然充满斗志,我们仍然抬头挺胸,我们走过千山万水,依然信心百倍地憧憬,意气风发地迎来充满阳光和希望的2021年。

三

钦州的冬天是温暖的,钦州,因此被人们称为一座温暖的城市!

钦州是古老的,因为钦州已经有一千四百多年的历史;因为古老,钦州文化底蕴深厚,人杰地灵,英雄辈出,近代更有刘永福、冯子材两位民族英雄,威名远扬。

钦州又是年轻的,年轻,使钦州魄力四射;年轻,使钦州充满活力,更加青春,光彩照人。

钦州,是一座美丽富饶的海滨城市。

钦州,一年四季充满阳光。

钦州的面貌,日新月异。

钦州的"港、区、业、城、人"五篇文章,篇篇精彩,句句动人……

四

钦州,城市品质建设提升工程,热火朝天;钦州,美丽的城市面貌,日新

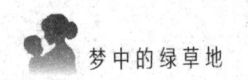

月异。

为钦州而歌，为钦州出力，关心钦州发展，是钦州人义不容辞的责任。

自己能够成为钦州的一员，是值得自豪、光荣和骄傲的。

五

带着期待，带着愿景，带着祝福，带着对钦州的憧憬和热爱，我们终于迎来了2021年。

在新的一年里，我想拿起手中的笔，深入市区体验钦州发展，寻找千年古城的根和魂；我想到老街寻找闪现钦州精神的点滴，让老街闪耀新时代的光彩；我想去了解更多关于钦州的故事，写成诗，写成歌，让更多人了解钦州，理解钦州，更加支持钦州的发展。

2021年的钦州，将会快马加鞭。钦州的明天会更好！

大年初四值班

大年初四值班，路上的车很少，但每每过红绿灯，司机们还是十分遵守规则，遇到行人过斑马线都能自觉礼让，这是值得欣慰的。看来创建全国文明城市的汗水没有白流。我到单位时，值班的人陆陆续续到了，看来大家都不想太落后。毕竟一年之计在于春，一日之计在于晨。到办公室，我打开门窗，通风透气，然后擦掉了桌上的灰尘。刚刚忙完，办公室的小郭到了，互相问个新年好，祝福总是让人心里觉得有点温暖。小郭已经连续三天值班了，年轻同志能如此敬业真好。我衷心祝福小郭和办公室的同事们初四快乐，四季平安，幸福健康，如意吉祥！

天气很美，气温适宜，温暖如春。南方的年，不像北国那样雪花纷纷，给人的感觉，或许会有点寒冷。南方的年，从大年初一开始一直到元宵节，亲戚朋友相互走亲访友，互相拜年祝福，遇到老人或者小孩都会发个红包，讨个吉利，这种习惯已经延续多年。

虽然从今年开始，当地政府部门发布了禁燃烟花爆竹令，气氛与往年相比，似乎少了一些喧嚣，多了几分宁静，但绝大多数人表示能够接受，亦能自觉遵守。唯有极个别人，不顾禁令，仍然悄悄地燃放鞭炮。所幸只是零零星星的炮声，对环境尚未造成太多污染。从值班记录上看，昨天某街道三马路发生一起火灾，所幸人员平安，只是房屋和财物受损。我对小郭说："群众利益无小事，今天我们要打起精神，好好值班。"小郭愉快地接受了我的建议。大年初四这天，我们全身心投入工作，不放过每一个细节，圆满地完成了值班任务。

猪年初四，一帆风顺，四季平安，我为今年的工作开了好头儿。狗年已经过去，一切清零。诸事平安、顺遂，包含亲朋好友们的祝福，也是自己对自己的祈愿！初四值班，四平八稳，四季如春，心情愉悦，我坚信，新的一年一定会快快乐乐，开开心心！与亲爱的朋友们共勉！

六六大顺，风调雨顺

初六一大早，便收到好友发来的祝福："在家顺，在外顺，心意顺，人情顺，天地顺，风调雨顺——六六大顺！"很暖心的祝福！我当即回了一个会动的美图，图上的文字寓意深远，有"出入平安""财源广进"，还有"一帆风顺"！算是回复好友的祝福，当然，也代表我对好友的祝愿！现在的科技甚为发达，许多东西都很超前，甚至一些语言难以表达的情感，一两个简单的图案就可以"搞定"，不失为一件美事。

忙完之后，我早早来到菜市场，几天不见，卖菜的阿姨嘴巴更甜了，张口就说："阿哥新年好！来买点菜。"边说边做取菜状且笑容满面，热情大方，你想拒绝都难。

买好青菜，来到海鲜摊。或许是天气突然变冷的缘故，今天没有虾、蟹，唯有一些鱼在海鲜池里活蹦乱跳，莫非鱼儿也懂得是过年，那么喜庆？我忽然想起年年有余（鱼）的典故，于是，决意买条鱼尝尝鲜，也来个年年有余

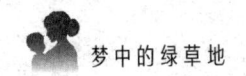

（鱼）。从菜市回到家，妻子正在家里打扫卫生。大年初六，民俗亦有"送穷鬼"之说，因此，爱干净的妻子以此为由，大清洁一番。我对妻子的辛勤付出大加称赞！妻子对我说："弟弟刚刚打电话，说一会儿过来做客。"我笑道："那我多做几个菜招呼一下他吧。"妻弟本来计划昨天过来的，或许是看到我昨天发表在"环宇之声"上的文章，称初五不串门，所以改今天来。民俗的说法，不知道有否道理，就宁可信其有，不可信其无了！怀着愉悦的心情我进到厨房，妻子连忙帮我围好围裙，我便大显身手忙活起来。中午时分，经过我的辛勤劳动，香喷喷的菜摆上了桌子，有白切鸡（无鸡不成宴）、清蒸鱼（年年有余）、红烧猪蹄（跑得快），等等。妻子称赞我的厨艺有进步，完全达到色香味俱全，以后若是有机会可以当厨师了！弟弟这下有口福啦。民以食为天。听到妻子的夸赞，我的心里甜滋滋的。正想着，弟弟来拜年了，弟弟连声说道："姐姐、姐夫新年快乐，祝你们身体健康，家庭幸福！天天开心！"弟弟的祝福很暖心！我们谢谢弟弟。既然菜已做好，就不用客气啦！一家人坐下来，共享天伦之乐！我提议：让我们共同举杯，祝福亲朋好友出入平安，财源广进，幸福美满！六六大顺，风调雨顺！一帆风顺！

春日随想

春天，风和日丽，百花齐放，大自然的一切都是那样美好，令人陶醉。

我忽然想到鸟儿和风筝。大千世界，快乐天天都有，而能够高高飞在天上的，就一定是鸟儿吗？鸟儿有翅膀，但是要扬眉吐气，高高飞翔，还需要信心和勇气。

同样能够高高飞翔的还有风筝。当然，风筝飞得再高，也只是借助风势而已。况且，操纵命运的纤绳也在他人手上。飞来飞去，仅仅是炫耀一下而已。其实人生就像风筝，人在江湖，身不由己。

我忽然又想到自己曾经站过的讲台。虽然我已经离开讲台十余载了，每每想起还是记忆犹新。而今学子们的成就都已超过他们的老师，但是曾经拥有，还是值得欣慰和回味的。

当你选择离开，你或许才顿悟：能够站在讲台上喋喋不休的，不一定都是好老师。或许还是一个演员，于是，再精彩的演讲也是带有表演的成分。我不太喜欢表演，对于不属于自己的讲台，唯有选择离开或者选择沉默。

如果某一天下雨了，你却忘记带雨伞，结局或许只有一个，那就是被淋湿。或许谁都渴望头顶上忽然出现一把油纸伞。

只可惜戴望舒只有一个，《雨巷》也不是到处都有的。与其痴人说梦，还不如选择一个春光明媚的日子，邀上三两个好友，或者自己一人也行。大好春日不能委屈自己，愉快开心就好！

亲爱的朋友，你说呢？！

永远的"狗不理"

时光就像一条清清的小河，不经意间从你身边流过。一瞬便是新旧两年，悲喜两重天，事实上，你不幸英年早逝尚不足一个月，一切仿佛在昨天，你的微信语音里，传出你的儿子沉痛的声音："请转告'狗不理'的叔叔、伯伯们，我妈妈今天凌晨一点多钟，病逝了……"多么令人震惊的消息，我的泪水不争气地流了出来。从此，"狗不理"少了一位好同志。人生无常，逝者如斯，活着的人们当好好珍惜。

近二十年前，我们曾经有缘被抽调到某个办公室工作，尽管人不多，任务却很艰巨，整个办公室在主任的带领下，精诚团结，工作完成得顶呱呱。因此，才赢得后来到北京、天津参观学习的机会，那个时候条件比较艰苦，坐火车进京要整整三十个小时。由于匆忙，我们来回都是硬座，没有地方休息，一行八九人便在火车上开起"拖拉机"（打扑克），一路欢笑一路歌，不知不觉便来到北京。当年，我是第一次到首都，一切都感到新奇。雄伟的天安门，辽阔的广场，气势如虹的大会堂，历史底蕴深厚的故宫，还有雅气十足的北大、清华校园，令人记忆犹新。

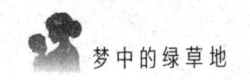

在北京参观几天后，我们又到了天津，尝到了可口的"狗不理"包子，从此，我们这个参观团一直简称"狗不理"，我们的友谊就像"狗不理"包子那样香甜，令人回味无穷。在那次参观学习中，大家互助友爱，就像一家人，在天津步行街的马车上拍了一张"全家福"，相片背后写上"'狗不理'参观团学习留念"的字样，过塑后每人一张，我一直保存得好好的。后来，办公室的同志各自回到了原来的工作单位。

人虽然分开了，但是"狗不理"的友谊天长地久，大家常常交流工作和生活中的心得体会，主任更是成为一名专家型的领导，常常谆谆教诲我们，不时还到机关、大学举办讲座。我呢，还是喜欢写诗。你从来都很有上进心，你的好消息不时传来，一次又一次荣获各种先进称号。后来五十岁出头，又荣升婆婆，拥有一个活泼可爱的小孙子，你笑呵呵的，也常将欢乐分享给我们。每次，我的小诗，你也乐于分享给其他朋友。

一个多月前，我收到你的短信，说你生病住院了。在我印象中，你身体健康，极少生病，粗心的我也没细想，当即回信，祝你早日康复，新年快乐！谁能料到近二十年的情缘就这样中断。当我将不幸的消息报告主任及"狗不理"的每一个成员时，大家无不深表哀悼！我不争气的泪水夺眶而出，忍不住失声痛哭。

接到你儿子语音留言的当天中午，你的亲人们已经为你举行了追悼会，我们"狗不理"除了表达哀思，未能送你最后一程！遗憾，悲痛！愿你再无伤痛，一路走好！

入夏，做一个努力的人

其实，我一直在努力！平心而论，在崎岖不平的文学创作道路上，我从来没有停止过努力的脚步，也从来不敢放松前进的脚步。

2021年，新年的第一天，我在当地报纸《钦州日报》上发表了一篇小散文《敲响新年钟声》，算是新的一年里，替自己吹响的一声号角，我要告诉自己，一定继续努力！

紧接着，在韦佐、庞白、覃冰等老师和恩师蔡旭的鼓励支持下，我先后在《防城港日报》《北海日报》及"当代广西网""中诗界在线"上发表散文、散文诗多篇（首），在"今日作家"上发表散文《我的2020》和《母爱无边》，还在中宣部的"学习强国"上发表纪念母亲的散文《粽子飘香过大年》（短时间内该文阅读量近十七万）、散文《文学改变了我》，等等。

今年春季，在蔡旭、李发模、夏寒、彩峰等老师的鼓励和支持下，我光荣加入中国诗歌学会、中国散文学会、中国散文诗作家协会，成为三个国家级学会的会员。

自从我1997年5月（当时也是入夏）加入广西作家协会和广西散文诗学会，屈指一算已经过了二十四年。完成从省级学会到国家级学会的跨越，我坚持了二十四年，总共出版了六本个人专著：《轻轻地对你说》（散文诗集）、《十年一觉作家梦》《生命的真义》《南方雨韵》《爱情石缘》《云在青天》。

2021年是牛年，在"三牛精神"的鼓舞下，我将目标定在尽快加入中国作家协会，成为一个为伟大祖国、伟大时代鼓与呼的歌者，为此，我会更加努力。

5月5日是立夏，立夏到了，预示着夏天的到来。夏天是热烈的。从5月5日到8月6日，整整三个月，九十余天，如火如荼。夏天挺有趣的，九十余天里，经历母亲节、护士节、端午节、助残日、父亲节等节日和小满、芒种、夏至、小暑、大暑等节气，在这些节日和节气中，母亲节温馨，护士节光荣，助残日庄重，父亲节有意义，而小满不自满，芒种则预示人生种好才能收好，蕴含生活的哲理，充满大智慧。到了小暑、大暑，便进入了盛夏，天气更加酷热，树木枝繁叶茂，万物葱茏，大地显现一派生机勃勃的景象。

在这样的季节，我没有理由不加倍努力。今年除了坚持创作之外，我还计划出版一本散文集《母爱无边》。

2021年7月1日是我们亲爱的党成立一百周年的伟大日子，我作为一个普通的共产党员，虽然入党还未满二十年，但不忘初心、牢记使命，我一定会加强学习，努力工作，为党、为人民辛勤工作，用一个普通党员的平凡，为党做一点微小的贡献。入夏，我一定好好努力！

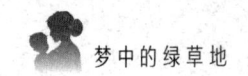

三段缘分三段情

2020年10月，金秋送爽，我有缘参加广西作家协会、广西文学杂志社、贺州市委宣传部联合举办的广西第四届花山诗会暨第八届广西诗歌双年展"又见村庄"研讨会。在会上，有缘认识了诗人、广西文联副主席石才夫，《广西文学》主编覃瑞强、副主编冯艳冰等老师，又一次面对面聆听老师的教诲，开始一段新的情缘。

三段缘分三段情，更坚定了我追求文学梦想和继续努力创作的决心。时间，回到二十多年前，当时我还是个热爱文学的青年，出于对生活和诗歌的热爱，我开始学习写诗，并把一些幼稚的诗作投向《广西文学》。而我是幸运的。因为，在我投稿伊始便遇到了广西著名诗人杨克老师。记得当时我投了几首小诗，其中一首是《家门际遇》，我观察到人与人之间由于种种原因，彼此失去了信任，尤其是当时每家每户都装上了猫眼，这触碰到了我的神经。于是，我在《家门际遇》中写道，"展开单程票／继续寻找家园（门）／绝非一种偶然"，经过一番铺垫、陈述，最后用两句诗作为结尾："其实，人有人的局限／门，也有门的局限"。杨克老师对我的诗作给予充分肯定，同时耐心细致地给我创作的新诗进行认真指导，这是我与《广西文学》一次零距离的接触，对我的写作，尤其是诗歌写作有很大的帮助。我那首拙作《家门际遇》，有幸在1991年10月的《广西文学》"诗十家"栏目中发表，对我是一种莫大的鼓励和鞭策。后来在1996年申请加入广西作家协会时，在《广西文学》上发表诗歌，也是我加入该协会的成绩之一。1997年5月29日，经过广西作家协会严格审核批准，我光荣地成为广西作家队伍中的一员。

加入广西作家协会不久，我开始学习创作小说，并得到当时《北部湾文学》杨松老师（已故）和《广西文学》主编罗传洲老师的精心指导。当时，我所创作的小说《南方雨》（中篇），主要是写一家商业银行在体制改革中所经历的风风雨雨，人物之间正义与邪恶的博弈，有矛盾，有冲突。小说得到杨松老师的赞扬,在《北部湾文学》作为头条重点稿推出。小说发表后,杨松老师表示应该向《广西文学》推荐,于是他亲自写了一封推荐信连同拙作《南方雨》一起寄给《广西文学》。令我十分感动并意外的是,《广西文学》主编罗传洲先生亲自审阅了拙稿,虽然给予了一定的肯定,但是总体还欠点"火候"。罗传洲主编亲自写回信,鼓励我继续深入生活,勤奋写作,争取早日在《广西文学》上发表小说。罗传洲主编推心置腹,坦诚相待,他在百忙之中给一个普通作者回信,令我十分感动。而今,与罗传洲主编的往来信件我还好好珍藏着。后来,由于工作需要,组织决定让我到某个海滨小镇担任书记。乡镇工作千头万绪,与《广西文学》之间的联系便不得不中断了好几年。虽然暂时失去了联系,但心中依然牵挂着。在艰苦的工作环境中,我仍然坚持阅读学习《广西文学》上的优秀文章,并坚持写作,坚守属于自己的那份宝贵的精神家园。

时光匆匆,转眼就到了2020年,突如其来的疫情,打乱了人们的生活节奏。我没有忘记自己是广西作家协会会员和《广西文学》的爱好者。我一边以党员志愿者的身份到一线社区支援抗疫,一边运用手中的笔写下一批歌颂抗疫的诗篇。《最美的逆行》是较早献给钟南山院士的诗,此诗与《白衣的天使》一起发表在4月10日中宣部的"学习强国"平台上,得到人们的广泛好评。还有纪念抗疫英雄的《以国家的名义》《落花成雨,只为你洒》(缅怀张静静)、《你是一片最美的云霞》(缅怀广西梁小霞),以及《距离》《龙城红马甲》《斑马线》《大海的精灵》等一批宣传抗疫和宣传创建全国文明城市的作品。在蔡旭老师和李发模老师的鼓励支持下,我近期创作了近百首作品,先后发表在"世界华文散文诗年选""当代广西网"及《广西散文诗》《柳州日报》《钦州日报》上,于是才有了文章开头与《广西文学》的这第三段缘分。我欣喜地看到《广西文学》越办越好!不仅作品质量高,作家梯队越来越年轻,装帧也很精致,图文并茂,具有权威性、可读性,令人爱不释手。

我,作为一名业余作者,与《广西文学》有这三段难得的缘分。三段缘分三段情,这是弥足珍贵的。我一定会好好珍惜!我将继续努力,积极创作,争取再有机会在《广西文学》上发表文章!祝福《广西文学》创刊七十周年生日快乐,祝福《广西文学》的编辑老师们身体健康,幸福安康!

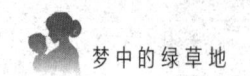

名利之外

偶然一个机会读到一篇网络文章《不与君子争名，不与小人抢利》，我读后感觉心中仍有话说，于是写了这篇浅谈，一吐为快。

人活世上，纵然人海苍茫，每个人的追求各不相同，除了名利，还有更有意义的东西，那就是人生的价值。我国社会主义核心价值观只有短短的二十四个字，"富强、民主、文明、和谐，自由、平等、公正、法治，爱国、敬业、诚信、友善"，从国家、社会和个人三个层面深入浅出地阐述了社会主义核心价值观，这就是最为完美的解释，值得每个人好好思考和学习实践，并通过自身的学习实践带动和感动其他人。

在现实生活中往往是这样，如果你把名利看得太重，争名争利，必然会走向极端。只有宁静致远，淡泊明志，才能不为名所惑，不为利所困，不为利所动。宁静致远，淡泊明志；云卷云舒，志存高远。红尘滚滚，独善其身；人生在世，岁月如歌。须知，名利乃身外之物，不可贪，不可占，不可吞，不可恋。须知，人生在世，日月星辰，且行且珍惜。请记住，人活在世上除了名利，还有很多精彩。

而今，我们刚刚告别了过去的一年，进入新的一年。可否选择在年初，为自己定下一个小目标：比如，今年创作多少首诗歌、多少篇散文；又如，今年帮助一两个贫困户，力所能及地引导并给予一定的帮助，使贫困户重新拾起战胜困难的信心，通过自身的辛勤劳动，通过自强自立尽快走出困境，收获美丽人生。所以说，人生的意义，就在于宁静致远，淡泊明志！因此，一个人如果失去对人生价值的执着追求，生活就会缺失色彩，人生就会失去意义！

弥足珍贵，失而复得

某个气温适宜、令人有点懒洋洋的春日，阳光穿过浓浓的树叶将光辉洒了下来，给人的感觉有点如梦如幻，躺在绿茵茵的草坪上，一边分享音乐，一边眯着眼养神，十分惬意。正在此时，一个七八岁、满脸稚气的小女孩，神色匆匆地走过来，她焦急万分在地上找着什么，一问询才知道，小女孩不小心弄丢了小红包，小红包里装着两百元钱，今天原本打算捐给另一个贫困同学。小女孩那么小的年纪，便知道帮助困难同学了，精神可嘉！我正想鼓励安慰小女孩几句，小女孩忽然在我不远处找到了丢失的小红包，小女孩兴高采烈，欢乐地笑了。我很替小女孩开心！失而复得是人生一大幸事。相信好人有好报，小女孩今年会诸事顺利！

记得有一次，和几个同事出差去外地，在火车上排队上洗手间时，排在我前面的是一个小伙子，他出来后才轮到我，这时候，同事急匆匆敲门称包遗忘在洗手间了。于是我将同事的包递给他。几分钟后，同事紧张地对我说，放在包内用信封装着的五千元钱不翼而飞了。我的第一反应或许就是刚才进去的那个小伙子顺手牵羊，因为他刚才出来的时候神色似乎有点慌张。事不宜迟，我马上陪同事去辨认那个小伙子，同时向列车的乘警报警。天助我们，在离我们不远的车厢见到了那个小伙子，一开始他百般抵赖，不肯承认，后来经过乘警和我们多方做工作，小伙子最终才低下头。他承认一时糊涂起了贪念，拿走了同事的五千元钱。由于认错态度诚恳，我的同事表示不再追究。这又是一个失而复得的生动例子。

失是因为自己粗心，还有别人的贪心作怪。得是苦口婆心，晓之以理，动之以情，告之以法，才有机会重新获得。文化知识、法律教育、智慧等都很重要，还有耐心、信心亦是关键。所以，才有回顾一下的意义。在人生的长河里，不可能一帆风顺，要做到保持平常心，荣辱不惊，努力工作，做好自己。失而复得，就是其中的一种境界。值得好好珍惜！

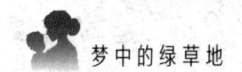

大年初九，祝福久久

　　大年初九，气温仍然较低。或许北国还在下着雪，雪花很美，我虽然从未见过，但是非常喜欢。昨天北京故宫的那场飘雪让我十分向往。而此刻，南方正在下着阴冷的小雨。每一滴雨或许都带着远方亲朋好友的思念，是那样缠缠绵绵。一大早，我不顾严寒起来做早餐。刚刚做好，便收到首长发来的一个温暖的祝福：大年初九，幸福久久，健康久久，快乐久久。祝福语配上一幅吉祥美丽的画面，让人赏心悦目。我连忙回复首长，表示感谢。自从二十年前有缘在首长身边工作，首长一直关心、鼓励、支持我，常常发来祝福，不是亲人胜似亲人，这种同志之间纯洁的友谊弥足珍贵！我定会好好珍惜！新的一年继续努力工作，报答首长的关怀。

　　时间过得很快，转眼又是大年初九。我国文字博大精深，内涵丰富，"九"与"久"谐音。在数字中，"九"包含着长久的意思。在古代，"九"被认为是至阳的极数，常表示无数的意思。诸如，九重天（形容天非常高）、九盘（道路弯曲）、九幽（形容极遥远幽深的地方），等等。据说，某些地区的汉人结婚，当新郎要去迎娶新娘时，必须要封诸如"999"或含更多数字"9"的红包给新娘家人及亲朋好友，寓意长长久久。由此可以得出结论，人们对"9"是敬重的。今天恰到初九，收到首长发来的祝福，幸福久久，幸福其实就是一种感觉，当你觉得人生快乐，生活顺心，家人平安，你便会感觉到一种愉悦，这种感觉或许就是幸福。而身体是革命的本钱，有健康的身体才能更好地为人民服务，更好地完成本职工作，要健康就要加强锻炼，保持良好作息习惯，保持良好心态，笑一笑十年少，就是其中的道理。乐观豁达、心胸宽广、积极向上是获得快乐的有效办法，知足常乐更是一种境界！有亲朋好友的祝福，相信大家都会诸事顺意，出入平安，一帆风顺！借着首长的吉言，我想把同样的祝福送给亲朋好友们：大年初九，幸福久久，健康久久，快乐久久！祝福我们的明天会更好！

白露感怀

"秋夜长,殊未央,月明白露澄清光""蒹葭苍苍,白露为霜。所谓佳人,在水一方"……古人对"白露"这个气节应该是十分重视的,各路文人墨客,对白露的描述也是各式各样,或唯美大气,或典雅婉约,无一不点染出白露时节的独特韵味,令人羡慕,更令人陶醉其中。

我的一位友人,清纯可人,气质高雅,为人温婉善良,文明有礼。她的父亲是一位德高望重的书法家。昨天是白露,友人挽着她的老父亲,来到她曾经居住的老屋面前。据友人说,老屋已经拆了,留给她的是一段美好的回忆。而今,这个曾经被人称为"竹栏街"的地方,建起了一个古龙窑,用来烧制中国四大名陶之一的钦州坭兴陶,作为当地传承古老文化的基地,她和老父亲对此十分高兴,十分支持,今天特意过来看看。友人挽着她的老父亲,露出美丽灿烂的笑容,并将这些发到朋友圈,我自然而然地分享了他们的欢乐。

昨天的朋友圈,一位叫申弓的著名作家,他有一篇散文《铜鼓奖得主行走铜鼓岭》,他是广西文学最高奖——铜鼓奖的得主,又是中国小小说的金牌作家得主。他行走的铜鼓岭究竟是个什么来头?于是,跟着申弓老师我看到了铜鼓岭的不同凡响。最为神奇的是铜鼓岭的最高处,有一个太祖庙,供着华夏的始祖之一——女娲。女娲补天作为一个神话故事,估计大家都熟悉。但是,铜鼓岭上的神奇之处,估计人们很少知道,所以申弓老师的这篇大作,的确令人大开眼界。

好巧,昨天的朋友圈里,我还看到一位叫靳玲的文友发了一篇献给她姥姥的散文《那份温馨》,靳玲用心将她与姥姥之间这份感情演绎得细腻深情,令人泪目。她笔下的姥姥亲切可爱,珍惜亲人给的钱,自己不舍得花,而是用来救人。为此,靳玲深情写道:"再看我姥姥,一张慈祥的脸上嵌着一双慈善的眼睛,散发出亮堂堂的光芒!多少年了,这光芒就是这么缠绕着我,陪伴着我,和我形影不离。"为此,编辑老师做了精彩的点评:"沾着姥姥体温的

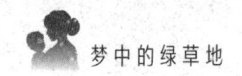

钱，虽然'我'没花上，但它实现了价值，救了人的性命……这是最朴实最长久的温馨！"文章很出彩，编辑老师的点评也很到位。我想，最感人的便是真挚的情感，令人泪目。

昨天，不知道是不是白露的缘故，晒朋友圈的朋友比往常多了不少！远方一位美丽的友人婉晴，晒了一个动感十足的蝶恋花的视频，一只蓝色的蝶在含苞待放的花儿上忘情地吻着花儿，在音乐声中，花儿痴情地依恋着这只蝶。然后，花蝶相依，随风飘舞，那场景唯美大气，那片痴痴深情，令人羡慕不已。这仅仅是大自然的一个缩影。小小的花蝶，花蝶相依，人与人，作为更高级的文明的使者，彼此之间更应该相亲相爱！

昨天是白露，今天又是新的一天，过了白露，转眼之间，就会秋高气爽，秋色宜人。至此，天地之间便会少一丝炎热，多几分秋天独有的温馨宁静。作为大自然芸芸众生的每一个平凡之人，应该保持一种积极、乐观、向上的心态，勇敢迎接下一个节气的到来，把每一个普通的日子都过成诗！每天都要开开心心，诗意盎然地生活！

这便是白露带给我的一点小小的感怀。

关于感恩

今天是 2020 年 11 月 26 日，又到了国外的感恩节。我从来不过洋节，也不喜欢洋节。

中华文化博大精深，要学习、发扬、传承的东西很多。今天借此机会，我想谈一谈感恩。近期有一句歌词很火，"感恩的心，感谢有你……"那么，什么叫作"感恩"呢？

所谓"感恩"，就是对别人所给予的帮助或支持表示感谢。如果条件许可，还可以对别人的帮助予以回报。我国是一个礼仪之邦，滴水之恩，当涌泉相报。这便是感恩。

其实，对于感恩，在《三国志·吴志·骆统传》中可见："飨赐之日，可人人别进,问其燥湿,加以密意,诱谕使言,察其志趣,令皆感恩戴义,怀欲报之心。"古人这段话,对感恩做了详细诠释。感恩,就是带着一颗真诚的心去报答、感激别人。

哲人曾云,感恩是一种处世哲学,也是生活中的大智慧。一个有智慧的人,不应该为自己的个人得失而斤斤计较,更不应该为个人的名利使私欲膨胀。

芸芸众生,红尘滚滚。人于世上,首先要学会感恩,感谢生活给你的赠予。感恩父母,给予你生命;感恩自然,给予你生活的一切;感恩阳光,使你感受到温暖;感恩月亮,使你享受到浪漫温馨;感恩冬天,使你拥有美丽的雪景;感恩四季,使你快乐生活每一天……

作家王符说得好:"生活需要一颗感恩的心来创造,一颗感恩的心需要生活来滋养。"这话充满正能量,充满阳光,充满哲理和启迪,值得人们好好回味。

感恩,还是一种认同。这种认同,或许是我们发自内心的一种认同。因为,我们每一个人都是生活在大自然之中,而大自然给予我们的不仅仅是一呼一吸,还有更多,如果没有大自然的诸多恩赐,人们难以生存下去,这个简单的道理,估计大家都懂得。

于是,我们在感恩太阳的时候,实际上对温暖的意义已经有了更多的领悟;在感恩蓝天白云的时候,则是对蓝天白云纯洁无瑕的一种认可。

而此时此刻,当我来到风景如画的海边,面对浩瀚无边的大海,在聆听大海的波浪一浪拥着一浪向海岸拍击的时候,我心潮澎湃,充满对大海的敬佩和感恩!我凝望并倾听,感受颇多。

此时,我的耳边忽然响起一句训言:"知恩图报,善莫大焉。"这或许是对感恩最简洁的诠释吧!

我想,一个懂得感恩的人,或许,也是最懂得珍惜的人。朋友,你说呢?

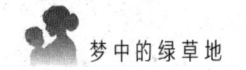

大雪正是读诗时

今天，距离大雪节气还有几天。虽然今年不像往年下着冷雨，但气温还是偏低，让人感到几丝寒冷。然而，据网上消息，北国已经是一片白茫茫，漫天飞舞的雪花给人们带来美感的同时，也给人们的出行带来诸多不便。这是否便是人们所说的任何事物都是一分为二的？

话说，大雪节气一般是在每年12月6日至8日之间，是二十四节气中的第二十一个节气。由大雪节气联想到"大雪"。对于"大雪"的描述，古代不少诗人写下了佳句。例如，唐代诗人卢纶的《和张仆射塞下曲·其三》中就有"欲将轻骑逐，大雪满弓刀"，短短两句诗，便将大雪写得活现活灵，呼之欲出。又如，明代诗人张岱的《湖心亭看雪》中有"大雪三日，湖中人鸟声俱绝"，寥寥数语，勾勒出一幅自然美图。

说来也巧，在大雪节气即将到来的今天，我有幸拜读了陈毅元帅那首著名的诗《青松》："大雪压青松，青松挺且直。要知松高洁，待到雪化时。"《青松》这首诗写得有声有色，寓意深远，意境高远。陈毅元帅在诗中，巧妙地借"大雪"这个意象做比喻，即使厚厚的一层雪压在松枝上，青松也依然挺拔笔直。该诗赞颂青松不屈不挠的精神和冷峻挺拔的形象，展示诗人令人敬佩的人格魅力，令人感到振奋，给人一种力量。

在寒冷的冬季，读书（诗）的确是一种美的享受。一本佳作，一首诗，带给人们的是一种温暖和力量。这首《青松》，或许是因为陈毅元帅的人格和时代精神相互融合，内外互动，共同投射在"青松"这个特定的意象上，才使这首诗在今天读来仍然可以感受到一股凛然正气，令人振奋，令人敬佩。

大雪正是读诗时。今天，有幸读到陈毅元帅这首《青松》，我们深切缅怀陈毅元帅的音容笑貌，思念陈毅元帅勃发英姿、光明磊落的伟大胸襟和他那无私无畏、刚正不阿的高尚人格。文为心声，诗言志，"大雪压青松，青松挺且直"，这样豪迈的诗句，也只有陈毅元帅这样的诗人才能写得出来。今天，面对寒冷的冬季，我们更要学习领会陈毅元帅诗中的内涵，越寒冷，越要从容面对。心若向阳，就不会畏惧寒冷。

冬日随想

一

哪个夜晚最长？只有冬日知道；哪个夜晚思念最长？只有月亮知道。快乐与忧伤，只有心知道……

夜长日短的时候，唯有坚守；天各一方的时候，只有相思；思念涨潮的时候，海誓山盟；时光匆匆的时候，记住乡愁。心中充满阳光、心中充满快乐的时候，就要珍惜来之不易的美好……

二

你说，没有雪花飞舞，冬天，是不完整的；你说，没有诗与远方，冬天，是缺少浪漫的。

你说，走着走着，2020年已近尾声。人生一眨眼，就是一天；人生一回头，就是一年；人生一转身，就是一生。

于是，你建议：我写一篇文章，参加"活着"主题征文。

我承诺道："好的，如果合适，我会写的。"

三

如果少了思念，就少了一种牵挂；

如果少了梅花，冰天雪地之下，就会缺少生命的活灵活现；

如果没有一点红，就少了一种生气；

如果没有红梅竞相斗艳，生命就黯然失色……

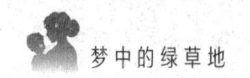

四

那么,还是回头讨论一下"活着"吧!

活着,生活着,生下来,活下去。生要有生的信念,活要活得精彩。

来一趟人间不容易,一定要像模像样,顶天立地,无愧于天地人间,无愧于自己的良心。

于是,你感慨道,人生有太多的来不及,珍惜今天,拥抱明天,感恩一路相伴。

你又说,活着,那棵幼小的树长大了;活着,海阔凭鱼跃,天高任鸟飞。

五

我说,活着,活着真好,活着就可以在人海茫茫中拈花一笑。

活着,哪怕红尘滚滚,世事沧桑。

活着,只要心向着阳光,就不畏寒冷……

活着,请珍惜生命中的所有;活着,须拥抱今天,憧憬未来;活着,即使直面生命中的种种磨难,亦无畏无惧;活着,生命注定会有酸甜苦辣,有阳光、有雨露、有风雨、有彩虹;不论如何,我们都要挺起胸膛,扬起高贵的头。

活着,只要咬紧牙关,奋力前行,伴随新年的钟声,走向春天,我们就可以融入春光,无愧于天地,无愧于心,无愧于"人"的称号……

文学改变了我

文学改变了我。文学给我智慧与力量。

在我的人生道路上,文学犹如一盏指路明灯,照亮我前行的路。

小时候,家里穷,没有更多的钱让我买书学习,但是我的爸爸有他的方法。他在纸上写字,让我照着写。说来有点奇怪,看着爸爸的字,不用他怎么教,我居然自己学会写了。由于受爸爸的启蒙教育较早,我对文字尤其是文学产生了兴趣。

当时，在外打工的哥哥的书包里有一本没有封面的《烈火金钢》，这是一本关于抗日战争的小说，非常精彩。书中的抗日英雄故事，有血有肉，栩栩如生，深深吸引了我。可以毫不夸张地说，这本书伴我度过童年时光，让我对中国的抗日战争有了初步认识，从而喜欢上文学。尽管当时我年纪尚小，还不太清楚文学究竟是什么，但并不影响我在文学道路上的探索。

时光匆匆，转眼之间，我上了中学，家也从东兴搬到了防城。高考前夕虽然十分忙碌，但是我的文学梦丝毫没有受影响。相反，由于痴迷文学，我开始学习写诗。当然，这并没有影响我的学习，当年高考时我的语文成绩在防城名列前三，这令我欣慰不已。

再后来，无论是念大学还是参加工作，我一直坚持在文学道路上奋力前行。创作发表的作品从散文、诗歌、报告文学、小说到文学评论等，发表平台从市级报刊到省级报刊再到国家级报刊，我一直坚持着，坚守属于自己的精神家园。

20世纪90年代，我出版了两本个人专著，其中散文诗集《轻轻地对你说》入选"中国99散文诗丛"，我也因此光荣加入了广西作家协会和广西散文诗学会。钦州市文联和钦州市作家协会推荐我参加广西作家协会举办的第八期文学培训班。从此，我认识了更多的文学老师，并得到他们的指导和支持。杨克老师指导我写的小诗《家门际遇》发表在《广西文学》1991年10月第10期；蔡旭老师对我言传身教，让我对散文诗产生了浓厚的兴趣；田景丰老师是一个多面手，在散文、小说、散文诗等领域对我的影响很大；贵州的李发模老师，在写诗方面给了我不少鼓励、支持和指导。其实，在文学道路上支持我的，远不止这些老师。

文学的道路是崎岖不平的，甚至是艰难困苦的，只有咬紧牙关、坚定信念、坚持下去，才能收获一定的成果，体验到成功的喜悦。

2008年年初，组织派我到沿海一个乡镇担任党委书记。作为一把手，担子很重，工作十分繁忙，许多朋友都以为我会放弃文学，我当时也以为自己坚持不下去了。但是，信念的力量是无穷的。文学，改变了我。我坚持了下来，在当年的"钦州精神"征文活动中，我撰写的《钦州精神：一脉相承》一文在七千多份征文中脱颖而出，荣获二等奖，给了我很大的信心和力量。

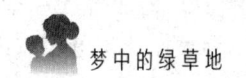

在近四年的乡镇工作中，虽然我写的东西不算多，但也积累了不少素材。2011年换届时，我回到机关工作，担任部门一把手，次年还兼任钦州市钦南区作家协会主席。当时，钦南区在创建特色旅游名县（区），我多次组织市、区两级作家深入基层采风，为"创特"工作鼓与呼。2016年，我出版了第四本作品集《南方雨韵》，收录的作品有诗歌、散文、小说、文学评论、报告文学等，是我较满意的一本作品集。2018年，我每天起早摸黑，坚持创作、发表诗文。这一年，我出版了散文集《爱情石缘》《云在青天》两本个人专著。对我来说，2018年是全面挑战自己的一年，甘苦寸心知，其中的艰辛只有自己能体会。

我的2020年

朋友，如果你要我用几个字来形容2020年，那么，我最想用以下六个字："逆行""难忘""感恩"。关于"逆行"，其实是紧张的气氛，我从2020年大年初五便明显感觉到了。那天，我正好值班，工作那么多年，我第一次一整天待在办公室，紧张地关注着我国疫情的发展。那天，我甚至顾不上吃午饭，只是简单吃了两块饼干，喝了一瓶矿泉水，便全身心投入值班工作。那天纪委、监委的同志还专门到各个办公室查岗，紧张气氛由此可略见一斑。当天傍晚，我结束值班、浑身疲惫地返回家后却顾不上休息。打开电脑，在上面敲打着文字，很快两首诗《最美的逆行》《白衣的天使》便完成了，我抑制着紧张的心情将稿子投给"环宇之声"总编西北汉老师，西北汉总编显然被打动了，连夜朗读、制作，第二天一早便发布。这两首诗一首是献给钟南山院士的，另一首是献给白衣天使的，引起人们的强烈共鸣。很快有三千多人阅读，点评的人也不少。据说，这样的情况，许久没有出现过了。

过了几天，我以普通党员志愿者的身份到单位"双服务、双报到"的社区开展抗击疫情工作。从2月5日到3月20日，天天都是早出晚归，检查登记从外地返乡人员，测量体温，对于不戴口罩、不按防疫要求做的群众进行教育劝说等，一干就是一个半月，我们也是最美的逆行者。难忘那段特别的时期，我和同事分头行动，一户户上门进行检查登记，并安抚被困在家里情绪躁动的群众。难忘那些日子，我们守在社区大门口，测量体温，不放过一丝丝可疑的线索。我们严格执行防疫政策，但群众理解支持我们的工作，我们无怨无悔。有一天，一位小朋友出来时，忘了戴口罩，我从口袋里掏出仅有的一个备用口罩给他，小朋友戴上之后，向我敬了一个标准的少先队队礼，那一刻，我有点想流泪的感觉。再苦再累也是值得的。

关于感恩，从5月28日开始，在恩师蔡旭（中国著名散文诗人）的鼓励支持下，我重新提笔写的散文诗接近百首，大多发表在中宣部"学习强国""世界华文散文诗年选""当代广西网"及《西南文学》《神州散文诗》《广西散文诗》等平台和刊物，终于找回写散文诗的感觉。国庆节期间，在一个作家的帮助下，我重新联系上中国著名诗人李发模老师，并得到发模老师的指导和鼓励，为了表达感恩之情，我写了一篇散文《诗之缘》，发模老师专门帮我转发分享。从那之后，在文学创作，尤其是诗歌创作上，得到发模老师指导帮助的机会就更多了。2020年金秋十月，广西作家协会与广西文学杂志社、贺州市委宣传部联合举办广西第四届花山诗会，我荣幸地受到邀请，到贺州参加诗会，于是认识了一批名师和诗友。我在文学创作的道路上不再孤单。从诗会回来，我的创作热情更加高涨，名师、诗友们常常分享他们的创作成果，对我是一种莫大的鼓励和鞭策。从此，我的写作更加自觉和努力了。我一方面继续努力加油，另一方面申请加入中国散文诗作家协会和中国诗歌学会。我粗略统计了一下，2020年我创作发表的诗歌、散文、散文诗、评论等各类文章超过一百篇（章、首），写作有了长足进步。

常怀感恩之心、感谢之情，刚刚进入2021年，1月1日我在《钦州日报》上发表了散文《敲响新年钟声》，我的另外一篇散文《粽子飘香过大年》近日在中宣部"学习强国"上发布，短短几天阅读量超过16.7万，点赞也超过一万，开了一个好头儿。漫漫长路，唯有奋斗！我一定好好努力，奋力前行！

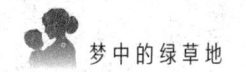

不惧过去，不畏将来

近日被一则网络小消息打动。该消息称，我国著名游泳运动员、曾获世界游泳锦标赛百米自由泳冠军的宁泽涛在二十六岁生日这天宣布退役。

他决心告别泳池碧水，告别许许多多支持他的粉丝们，宁泽涛称，他将开启自己的崭新生活。我顿时被深深震撼了。二十六岁，不仅年轻，而且充满青春活力，宁泽涛之所以选择在二十六岁生日这天急流勇退，显示出超过他实际年龄的智慧。他毅然决然选择退役，从此，告别他热爱的游泳事业，这需要多么强大的内心，才能做出这样艰难的选择。

这个"90后"小伙战胜的不仅仅是他自己，或许还有世俗的眼光等。正如宁泽涛自己说的："追求美好，包容遗憾，心向阳光，笑对人生，一切就都是最好的安排。"在宁泽涛这段充满智慧与正能量的话语中，我似乎读懂了八个字——不惧过去，不畏将来。

无独有偶，近日有缘在广东省的"学习平台"上看到了蒋开儒老师的一个小演讲《我为改革开放写首歌》，八十四岁的蒋开儒神采飞扬地讲述他五十七岁时从东三省一个县的政协副主席岗位上退下来，只身一人闯深圳，在艰难的环境中扎下根，最后写出了家喻户晓的《春天的故事》《走进新时代》等代表作品，成为著名的词作家。在整个演讲过程中，掌声不断。

其实笔者与蒋老师也算忘年之交，有过一段难得的缘分。那是十余年前，蒋老师多次到北部湾经济区采风，由于工作需要，每次过来都是我全程陪同。

记得有一次在八寨沟里一个叫"将军潭"的泳池里，蒋老师先是救了一个落水者，接着与一个小女孩比赛游泳，哪里知道小女孩是省级游泳队的运动员。事后，蒋老师乐呵呵地告诉我们，今天的游泳比赛他得了亚军。

蒋老师阳光乐观的心态可略见一斑。之后蒋老师写了一首又一首好歌，如《中国好运》《我的中国节》《中国梦》等，其中《中国梦》由肖白老师作曲，著名歌唱家张也演唱。作为献给改革开放的歌曲，深受广大群众喜爱。

蒋老师身为名家为人却十分谦虚，他一直坚持学习，掌握新知识，他闲暇时间还有两大爱好，一个是冬泳，另一个是太极拳。由于热爱运动，热爱生活，拥有良好心态，八十多岁高龄的蒋老师，看上去只有六十岁出头，显得非常年轻。

宁泽涛和蒋开儒老师，一个年轻，一个年长，但是他们都有一个共同爱好，就是游泳。风里来，雨里去，在浪花中搏击，与严寒斗争，从中获得人生的快乐。宁泽涛虽然退役了，但我相信他定会书写人生的下一段精彩。

而蒋开儒老师人老心不老，照样在他的人生道路上奔跑追梦，正如他的歌一样："中国人爱追梦，千年美梦一脉相通。"正因为他有这样的热爱，他的作品曾荣获"五个一工程奖""文华奖""解放军文艺奖""中国广播文艺奖""电视文艺星光奖"等奖项，他也曾荣获"深圳市文明市民""深圳市优秀专家"等荣誉称号。

我忽然联想到我自己，与宁泽涛相比，自己年纪显然大，但是没有他那般功成名就。宁泽涛在人生顶峰时勇于重新选择，勇气可嘉。而比起蒋开儒老师，我算是真正的晚辈。尽管这样，蒋开儒老师仍有激情与活力，以及良好的心态，宠辱不惊，宁静淡泊。两人都是我学习的榜样。

我似乎读懂了"不惧过去，不畏将来"这短短的八个字所蕴含的意思。时间飞快，惊蛰已经过去好几天。我暗下决心：春天来了，我一定加倍努力，在人生的长河里辛勤耕耘，不辜负大好春光！

闲话小雪

这几天其实有点忙，省级领导来考核验收扶贫，属于"四合一"核验，要求也很严格。我全力以赴做好自己的各项工作之外，忙里偷闲，仍然情不自禁想说一说"小雪"。小雪，是二十四个节气之一。对小雪我从小到大都是偏爱的。虽然我居住在南方，除了在电视和梦中，真的没有机会见到过雪，不论大雪还是小雪。不过，没见过并不代表不偏爱，写作多年，我的拙作中"雪"的

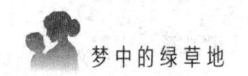

景象似乎出现了多次，诸如发表在"诗意江南"平台的《雪如花，醉了谁的流年？》，发表在兰苑文学平台的《大雪的夜》《静坐在旷野中，听雪》《你那里下雪了吗？》等，借雪抒情，寓情于雪，这些拙作得到许多朋友的鼓励和支持，纷纷转发留言，让我心中暖暖的。有一年小雪前夕，恰好又是国外的一个节日，叫"感恩节"，我虽然不过洋节，但是我以为懂得珍惜，懂得感恩，应该是一个人基本的品格。于是我怀着感恩之心，写了一首感恩自然与生命的作品《以愉悦的心情迎接小雪》，并发表在西北汉老师任总编的"环宇之声"上，西北汉老师亲自诵读并精心制作，拙作深受朋友们的喜爱。"文心社"平台亦给予了转载。拙作不长，特别分享如下：

今年的小雪
千载难逢
小雪纷纷
大写着感恩
感恩的心
感恩生命所有的一切
感恩父母含辛茹苦的养育
感恩师长的谆谆教诲
扶上战马再送上一程
感恩朋友的锦上添花
还有难能可贵的雪中送炭
感恩陌生的路人
路见不平拔刀相助的豪气冲天

小雪带着感恩
北国，已然白雪皑皑
南方雨，则拉开了冬天的寒冷
既然，生命注定要受伤
不管是一种劫，还是一种缘
你我没有理由选择逃避

长吁短叹
从来不是生活的本原

你的世界雪花纷纷
劝君换上另一种心情
以愉悦的心境迎接小雪
你会瞬间发现，原来
每一朵雪花
都是那么纯洁美好
宛如你洁白无瑕的灵魂
每一朵雪花
都是那么晶莹剔透
展示着生命的五彩缤纷
每一朵雪花
都是那么璀璨夺目
记录着生命的顽强和坚韧

今年的小雪，千载难逢
今年的小雪带着感恩
感恩的心，感谢有你
今年的小雪，漫天飞舞
每一朵雪花
都是一个宝贝的精灵

当你学会
以愉悦的心情迎接小雪
恭喜你朋友
你终于大彻大悟
懂得以淡泊宁静的心情
面对你的精彩人生

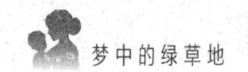

小雪，因为它的美丽，因为它的纯洁，因为它的晶莹剔透，留给人们的印象都是十分美好的。今年的小雪，人们正处于抗疫这个非常时期，而小雪节气意味着初寒的到来，人们该注意做好防寒保暖了。但是我想，只要保持乐观向上的心态，心向着阳光，就不会畏惧寒冷。小雪之后便是大雪，或许会更冷，从小雪开始，我们需要提前做好准备。祝福小雪，以愉快的心情迎接它，小雪如诗如梦，将会回报纯洁美好的梦。我们期待并祝福！

人生不易，学会坚持

人于世上，所有的遇见，所有的一切，都是上苍所赐。实际上，每一个人赤条条而来，赤条条而去，在自己的一声啼哭中而来，在别人的一声啼哭中而去。谁都会说，世上最简单的文字，"人"字应算其中之一，简简单单只有两笔，但是要写好这两笔，无愧于天，无愧于地，无愧于心，就需要每一个人为之努力一生，奋斗一生，追求一生。从这个意义来说，人生不易，贵在坚持！坚持的人生才会更有价值，坚持的人生才会更有意义！

记得有位文友写过一篇小文《条件》，大致意思是，一位文友的文字功夫很好，思路也很清晰，只可惜这位文友过于追求完美，一而再，再而三地想等待条件好了再去创作，到最后结婚成家生了儿子，儿子都大学毕业工作了，他的文章还没有动笔。一位极有可能在文坛上有所建树的人，其才华因此而耽误了，说白了就是未能及时把握住展示才能的机会，未能坚持下去。不失为一种遗憾！

人生不易。每一个人来到人世间，既要经历人世间风风雨雨的考验，又要经受灯红酒绿的诱惑，还要面对各种名和利等。要做到宁静致远，淡泊明志，绝对不是一句空头支票就可以，需要达到人生的一种境界，需要一种定力，做到荣辱不惊，物我两忘。这就更需要一种坚持！咬定青山不放松，在任何艰难困苦面前不动摇，不轻言放弃，不轻易认输。自始至终，保持坚强的斗志，立下愚公移山之志，人生的道路上，才会一切如你所愿。可以说，人生不易，学会坚持，你人生的天空会更蓝，你人生的大海会更广阔。正可谓，海阔任鱼游，天高任鸟飞！亲爱的朋友，祝福你！

五福临门　笑迎春光

　　大年初五，福、禄、寿、财、喜，五福临门。人们欢天喜地，笑迎春光。大年初五这天除了喜迎财神，还可以大搞卫生，扔掉从初一至初四积攒下来的生活垃圾，因此初五这天又称为"破五"。据说，这天人们通常不去串门，以免将"晦气"带给别人。因而，初五这天许多人都是比较清闲的。当然，有些地方的风俗习惯不同。初五这天，喜迎财神，按照民间的说法，财神共有五位，分别是户神、灶神、土神、门神、行神。初五这天，要迎接好这五位财神，绝对不能够马虎。有的地方，不少店铺趁机重新开门，希望借着财神带来的好运，从此，生意红红火火。

　　初五这天，许多地方还喜欢包饺子吃，通俗说法是掐住小人的嘴巴，避免流言蜚语四起，让一年平安顺遂。饺子包好了，自然是一家人聚在一起吃。据悉，南方有的地方，初五这天就散年了。在人们祭拜财神、祭拜祖宗之后，一家人吃过团圆饭，打工的便匆匆踏上外出的旅途。在没有宣布禁燃烟花爆竹之前，大年初五这天，几乎每一个家庭都燃放烟花爆竹，意即把"穷鬼"赶跑。

　　初五，正值阳春。天气温暖，清清的小河宛如一条玉带绕着美丽的小城缓缓流淌，春姑娘的脚步姗姗来迟，路边的三角梅正展示着它顽强的生命力，红得让人陶醉！五福临门，春光无限！美丽的滨城又迎来充满希望与魄力的一年，人们的生活，翻开了崭新的一页。祝福我的父老乡亲，新春大吉，生活甜蜜！

第二辑

如歌行板

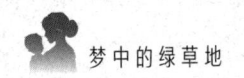

百年会馆

　　人生不过百年。这座会馆却有百年。不，准确地说是已经有二百三十八年。居然能够保存完好，这与钦州人民热爱岭南文化的良好传统是分不开的。

　　在一个阳光灿烂的日子，我来到这座已有两百多年历史的会馆，吸引我目光的是大门上自然浑厚、刚劲有力的四个大字，据说是清朝一位著名的书法家庄有恭写的，庄有恭还是乾隆年间的状元，颇有才华，广东番禺人。会馆坐西向东，分为南、中、北三路，南、北分别由前后厢房和会客厅组成，中路则由门楼、天井、露台等组成。会馆为砖石木结构的单檐平房，硬山顶，青水磨石砖，窗格为瓷制花窗，地面是花砖铺垫。

　　在会馆里，精美的浮雕、壁画、诗句，每件都堪称艺术精品，令人陶醉其中。

　　这座百年会馆就是钦州著名的景点——广州会馆。庄有恭书写的馆名，更增加了会馆的艺术价值和魅力。

　　百年会馆，见证了钦州曾经的热闹与繁华，而今修缮一新的会馆，吸引了更多的人前来参观游览。

　　百年会馆，依旧风采动人！

平南古渡

　　一条被人们称为钦江的母亲河，河的中央有一个古渡——平南古渡。

　　关于这个古渡，有一个令人感奋的传说。传说在明清年间，倭寇来到钦州作乱，在沿江水域杀人放火，无恶不作。为抗击倭寇，当地人们组成水师，从古渡出发，围剿倭寇，并取得胜利。凯旋那天，成千上万的人自发在两岸庆祝，杀猪宰羊，慰劳义勇之师。

从此，平南古渡名声大振。后来，经过古渡与外埠经商的船只络绎不绝。

而今，经过修缮，平南古渡恢复了往日的风采，成为钦州又一个网红打卡景点。

老街钟楼

老街醒了，是被太阳公公照醒的，还是被老街钟楼的钟声敲醒的？

或者没有人在乎答案。

人们关心的是，以前钦州最高的地标——钟楼，搬到老街来了，从此，与平南古渡，遥遥相对。

诗人说，回到钦州老街，与时间对话，每一寸光阴都有声音和声音的故事。

或许，喧嚣的老街才是生活的原生态。于是，我才理解，老街的钟楼为何应运而生。

文峰卓笔

在钦州城南钦江之滨有一个三面环水的地方，有号称钦州古八景之首的文峰卓笔。据说山顶塔尖建于宋代，塔高4米，塔内直径2.5米，四面有拱门相通，塔顶栽有茅草，清秀雅观。

相传，当年民族英雄刘永福、冯子材率军出征前，都会来到塔前观察塔顶茅草的长势，如果茅草长势旺盛，则预兆战事顺利，军队能早日班师归来。这

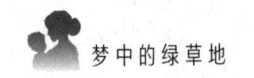

个传说是否真实,而今无从考证,但是刘永福、冯子材都大败法军,却是千真万确的事实,并且彪炳史册。

文峰卓笔,于三面环水之间,形成横锁钦江水口之势,也是真的。

文峰卓笔,卓越的笔,成了钦州新的网红景点!

人们敬佩文峰卓笔!

天涯亭

天之涯,海之角。

钦州的先辈们曾经以为自己所生活的地方就是天之涯,因此,北宋庆历年间(1041—1048年)知州陶弼便建起了天涯亭。

后来,人们才知道海南岛才是天之涯。

1962年,著名诗人、词作家田汉慕名游览了钦州天涯亭之后,留下一首诗,诗曰:"词客分明怀故土,钦州何必是天涯。"随着田汉这首诗的流传,钦州天涯亭也更有名气了。

而今,古老的文明留下许多令人追思的东西,优秀的文化使钦州更加有滋有味,韵味十足!

黄 线

我居住的小区里,近期画了许多线,每一条线都是黄色的,显得很整齐,在黄线的规划下,原来停放比较乱的车辆,变得整齐划一、井然有序,人们出入时便不再拥堵。

黄线,在这个稍微有点寒冷的冬季,带给人们的是温暖。黄线,俨然是一位苦口婆心的使者，在劝说人们遵守文明礼仪。

但令人奇怪的是，小区里仍然有人不把黄线当一回事，真的应了那句老话："林子大了，什么鸟都有。"

这不，居然有人将车停在黄线之外，而那里明明写着几个大字："消防通道，严禁停车"。但是那人却视而不见。结果有一天，小区的厨房突然着火，消防车却无法开进来，幸好消防官兵英勇施救，未造成损失。

对这种损人不利己的行为，我想说，再不悔改，距离踏红线的日子不远了……

辅　道

每一个有条件的城市都设有辅道。

顾名思义，辅道就是便于主交通道的辅助之道，就是便于摩托车、电动车、非机动车通行之道。

而且，大多数辅道入口，都标着一行大字："摩托车、电动车、非机动车请走辅道"。

但是，偏偏有人熟视无睹，偏偏有人不喜欢走辅道。这些人骑着电动车，哪怕是自行车也要来蹭主干道，而且速度之快，令人目瞪口呆，对这种不珍惜生命的行径，我除了对其无知表示愤怒外，无言以对。

人啊人，难道真的要撞个头破血流才知道后悔？

任　性

从这条道变到那条道，从那条道变回这条道，没有提前打灯示意，是故意

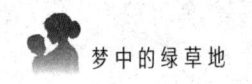

在玩儿心跳？

上班、下班途中，总能够看到某些人自视车技甚高地故意卖弄。时不时还有人故意"加塞"，明明你正常行驶，他冷不防从你面前蹿进来，哪怕前后距离很近，他就是那么任性，一副不以为意的样子。"反正哥们儿买了保险。"

真的以为买了一份保险，就能保一世平安？

我想劝君不要任性，否则灾难就在眼前……

咏物五题

方向盘

方向盘圆圆的，无论左转还是右转，感觉都是那样舒适，那样美好。

但是，握着方向盘的手，什么时候也不能放松。因为，一旦松动了，就会出现偏差，甚至发生危险。

人生在世，无论何时何地都要尊重生命、敬畏生命。

因此，握着的方向盘，任何时候都不能松懈，这是对自己负责，也是对家人负责，甚至是对社会负责。因此，什么时候也不能粗心懈怠，哪怕只是一瞬间也不例外。

只要我们牢记，眼手合一，眼睛盯着前方，手握紧方向盘，就有理由坚信：一切美好就在前方……

后视镜

人生的道路上，注定会有阳光雨雪，有平坦崎岖，因此，我们除了要注意向前看，还要学会向左右两边看，尤其是借助后视镜向后看。

懂得向前，固然重要，人，如果缺乏向前的勇气，就会退缩不前；同理，学会观察两边，左右逢源，则你的人生道路才会畅通无阻。

然而我认为，仅仅懂得向前是不够的，仅仅顾及左右也是有欠缺的，如果能够做到顾前又顾后，那么，你的人生才是完美的。

因为，懂得退，才能更好地向前，而有时后退，也是为了更好地前进。

后视镜，一面时刻警醒人生的镜子……

电水壶

在我的办公室，有一个普普通通的电水壶，无论在炎热的夏天还是寒冷的冬天，每天都默默无闻地为大家烧水，尽心竭力，忠实服务。

作为电水壶，它没有漂亮的外壳，没有响亮的牌子，但是我认为，这是无关紧要的。

电水壶，最基本的功能是能够将水烧开，否则，实现不了这个功能，再华丽的外表也是没有意义的。

在这个寒冷的冬季，小小的电水壶不仅仅代表着温暖。它每天默默工作着，不断为添加进来的水加温，为大家奉献自己那份赤诚的爱！

在这个寒冷的冬季，我要赞扬这个温暖人心的——电水壶！

鹅卵石

从小你生活在水里，任时光打磨，磨去了多余的棱角，磨去了所有的急功近利和浮躁。

鹅卵石，当你以全新的姿态出现在人们眼前：圆圆的，滑滑的，光彩照人……人们都发出惊叹，天底下，居然有如此多彩多姿的石头。

或许人们不记得你在水中，在千百万年的漫长时光中被打磨的那份痛苦与孤独。

你呢，是否还记得？

雨与雪

雨，是南方的特产；雪，以北方为故乡。

其实，北方也有雨，不过比不上南方的多，比不上南方的淋漓尽致，一句话，北方的雨有点羞涩。

而南方极少下雪，晶莹的雪花从来都长在北方。于是，南方人羡慕北方雪，欣赏北方雪。

哦，朋友，若是让你选择，你是选南方雨，还是北方雪？

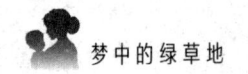

海边三题

海 堤

在我所居住的滨海城市，凡是沿着潮汐河口和海的边缘修建的挡潮、防潮的堤坝，本地人都称为海堤。

海堤，作用是巨大的，既可以隔离海与陆地，还可以防止波浪冲到城市，更可以保护人们的生命安全。

海堤是无私无畏的，海堤又是包容的。任凭海浪凶狠拍击，海堤一直以来都勇敢面对，却又无怨无悔，从不计较自己的得失。

对于海堤，善良的人们是心怀感激的。在每个清晨或者夕阳即将落下的黄昏，人们总喜欢三五成群来到海堤，沿着海堤欣赏海边秀丽的风景。

悠闲的人们，还可以骑着自行车，沿着海堤慢慢地行驶，迎着清爽的海风，放飞心情，放飞梦想。一路上，不仅可以将滨海城市的美景尽收眼底，而且海边的自然风光，也可以带给人一种不用修饰的美的享受。

海堤，一道可以通向人们心灵的美丽的风景线。而且，在某一刻，沿着海堤，我甚至觉得自己仿佛可以穿越时间……哦，海堤！

海 湾

海湾，海岸线的凹进部分或海洋的突出部分，一凹或一突便构成了海湾的生命。

清代唐孙华在《文信国祠》一诗中写道："犀甲逃荒谷，龙舆落海湾。"我国当代著名诗人艾青也有一首《怜悯的歌》，诗中有这样的句子："十里海湾的沙滩上，有无数下水道的钢管。"这都是名家名作。

关于"海湾"的科学定义，是这样描述的，"由于海湾内波能辐散，风浪扰动小，水体平静，易于泥沙堆积"，"海湾是人类从事海洋经济活动及发展旅游业的重要基地"。

我所居住的城市属于北部湾，称得上著名的海湾，但我想说的只是一个小海湾——三娘湾。

这是当地人心目中一个有代表意义的海湾。"三娘"，代表着忠贞不渝的爱情，代表着当地渔民的勤劳与勇敢。这个小小的海湾，称得上一个环境优雅、风景秀丽、古香古色的文明海湾，大批中华白海豚在这片海湾内栖息，真正实现了人与自然的和谐共生。

我梦中牵挂着的海湾——三娘湾，是距离我蓝色梦想最近的地方。

海 滩

"凡有爱意萌动，便是海滩上一串串深深浅浅的记忆，你我不属于那边的幽景，只有故作沉寂。"这是一位小有名气的诗人的一首《漫走海滩上》中的几句。

我因而喜欢上了海滩。

在我居住的城市，有几个海滩还挺好的。一个是沙督岛，据说全岛被金黄般的细沙覆盖着，周边是清澈的海水，纯净得令人透不过气。再一个是麻兰岛，沙滩别具一格，还有一个八万平方米的小山，登上去可以饱览大海的奇观异彩，令人向往。最后一个是茅尾海海滨浴场，那里的海滩，美妙动人。因为，茅尾海本身就是一个富饶美丽的半封闭内海，风平浪静，宛如一面巨大的镜子镶嵌在北部湾的北端。

海包容着海湾，海依恋着海滩，海湾，因为海纳百川而风光无限，海滩，因为海的辽阔宽广而美名远扬。

状元楼

状元楼，顾名思义，是纪念状元或奖给状元的楼。

状元，古代科举考试中的第一名，得了第一，即可一步登天。

明清两朝，大都将从六品的一个官职留给新科状元。古语说，"万般皆

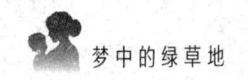

下品，唯有读书高"。宋代赵恒那首《劝学诗》中的句子，"书中自有黄金屋""书中自有颜如玉"，让人眼睛为之一亮。

早在一百多年前，1903年即清光绪二十九年，云南石屏人袁嘉谷考取全国第一，成为云南首个状元。

为了向他表示庆祝，"钱王"王炽，出资为状元修建了一栋"聚奎楼"。云南总督亲自手书的"大魁天下"金字匾额悬挂其上，老百姓都称之为"状元楼"。从此，状元楼成为一个状元的荣耀！状元楼的消息不胫而走。

状元楼，是对状元莫大的奖励；状元楼，足以温暖全天下读书人的心。

状元楼，后来成了昆明作为全国首批历史文化名城的名片之一。状元楼，后来成了昆明人心中的一个骄傲！状元楼，后来成了昆明城一道亮丽的风景线。

两年前，我曾经有缘到昆明，只可惜没有机会见到状元楼，心中留下了一大遗憾。

2020年金秋十月，秋风送爽。我与一群诗人从四面八方汇聚贺州，参加广西第四届花山诗会暨第八届广西诗歌双年展"又见村庄"研讨会。缘分，就是那么奇妙。漫步富川，想不到在秀水村这样的小村庄，居然挺立着一栋状元楼。

不仅仅是一栋状元楼，整个村被称为"状元村"。众多专家将秀水村认定为"中国科举文化第一村"，有"状元出富川，秀水育状元"的美称。出过"廿六进士十京官，六帅三童一状元"的秀水村，文化底蕴深厚，远近闻名。

眼前的状元楼，建于宋代，是一个三进间的楼宇。不说农村，就是在城市，建设一座巨大的场馆来纪念状元也是罕见的。

难怪，从恢复高考以来秀水村考上全国各种院校的多达二百二十七人，有的甚至被中山大学、香港大学等名校录取。

难怪，秀水村能入选第四批中国历史文化名村，还通过央视中文国际频道《记住乡愁》栏目向世界推介。

状元楼，是中国文化的见证。状元村，是中国历史文化的骄傲。

记住乡愁，记住弯弯曲曲的古道，记住向前延伸、被脚步磨得发亮的青石板，记住富川秀水状元楼！

状元墙（外二章）

钦州有群众曾笑称，不认识占鳌巷的，不算地道的钦州人，没游览过状元墙的，不算到过钦州。话虽为戏言，却是事实。

众所周知，在钦州的老街中，占鳌巷是最出名的，有诗为证，"独占鳌头，攀蟾折桂"。事实上钦州的占鳌巷出名，清代钦州籍大文豪、帝师冯敏昌先生功不可没。

敏昌先生曾有诗曰："笔花翻浪文澜阔，剑气凌霄武库森。"

人们为了纪念敏昌先生以及状元先贤，特意在占鳌巷巷口新建了一面状元墙，墙的左侧篆刻敏昌先生气势如虹的两句诗，其余墙体上的内容由十二生肖和钦州一百九十七个姓氏组成，墙体材质选择的全部是名扬四海的钦州坭兴陶板。

令人惊叹的是坭兴陶板因为烧制时不同的窑变，加上艺术家们不同的字体，整面状元墙就是艺术的浓缩精华版。它吸引众人游览，成为一个新的网红景点。

它昭示着钦州艺术百花齐放，代代传承。

状元墙，并不是一面简单的墙，它是钦州人民智慧的结晶！

永福广场

站在永福广场，近距离仰望民族英雄刘永福，只见刘将军骑在铜马上，腰佩大刀，目光炯炯有神，策马向前……

钦州正是有了刘永福、冯子材，中国百年的屈辱史才得以改写。

人民为了纪念刘将军，在将军居住的三宣堂附近建立永福广场。

站在广场上，夕阳无限好，民族英雄刘永福彪炳史册，他一生数次临危受命，率领黑旗军，大败法国侵略者，捍卫了祖国和民族的尊严。

站在广场上，敬佩之情，油然而生……

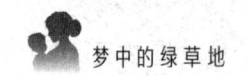

子材大桥

这座大桥,以钦州另一个民族英雄冯子材的名字命名!

人民不会忘记,这位英雄以年近古稀的高龄,带着儿孙抬棺出征,在危急关头,他跃出战壕,结果于镇南关大败法国侵略者,接着攻克文渊、谅山,重创法军司令尼格里,歼敌千余人,直接导致法国内阁总理茹费里倒台。

正是冯老英雄的英勇善战和他视死如归的气概,保护了边疆,守护了我们的家园。钦州人民记住了这位民族英雄,敬佩这位民族英雄,飞架南北的子材大桥(又叫"四桥")因此以民族英雄的名字命名!

每次经过子材大桥,我心中都会升起一份崇敬!

龙城的红马甲

红色,代表热情、温暖、力量和关爱!红色,代表阳光激荡和希望!古诗曾云:"岂曰无衣,与子同袍。"这反映了中华民族在应对自然灾难时形成的坚强不屈、守望相助的精神。今天,我们要赞一赞这支红色的力量。

十八年前,龙城开始开展创建全国文明城市。自从创城,一批批身穿红马甲的人,犹如一支勇往向前的大军,遍布龙城的每一条大街小巷,他们像一缕缕春风,吹遍龙城的每一角落。创城十八载,初心不变,风雨兼程;创城十八载,痴心不改,豪情万丈。无论在车水马龙的十字路口,人潮涌动的车站,还是在散发刺鼻气味的医院,春风吹拂的广场,人山人海的超市,乃至每一个学校门口,哪里有需要,哪里就有红马甲的身影。创城十八载,青山不改,绿树成荫。十八年来,红马甲换了一批又一批。但是,接过红马甲的他们,舞动红旗,总是青春无悔,任劳任怨,总是不辞劳苦,奋力前行。在风中,在雨中,在烈日暴晒下,充当文明使者。忘记长时间站立的辛苦,忘记替自己擦一擦汗水。当人们感激地对他们说声"谢谢"时,他们真诚而谦虚地连连摆手,笑着说道:"不客气。"这便是热情似火、一心为民的红马甲。他们来自机关、企业、学校，有党员干部，有青年志愿者，有退休职工，还有爱心人士。微笑着为广大市民群众服务，真诚地为有困难的人们送去温暖，协助做好交通疏导。红马甲，并不是他们的制服，而是一种光荣的称号。他们一旦穿上红马甲，一种自豪与执着便油然而生。因为有了红马甲，龙城处处展现文明的新风。天变得更蓝了，水变得更清了，山变得更绿了，城市变得更美了。生活、交通秩序井然，机动车礼让斑马线，年轻人带头为老人、妇女、儿童让座，杜绝舌尖上的浪费，等等，红马甲，就是龙城精神的最美体现！它永远伴着创城的脚步，成为龙城引以为傲的一道亮丽的风景线。

向日葵

　　小小的向日葵，金黄金黄的，它选择了向阳而生。阳光的明媚、阳光的温暖，全部洒在向日葵身上，有了这份温暖和力量，向日葵便将最美好的一面展现出来。它，浑身都是宝；它，传递着满满的正能量。它的花语是"信念""光辉""忠诚"和"爱慕"。只要阳光充足，它就会茁壮成长。只要人们喜欢，向日葵便会勇敢追求属于自己的幸福。向阳而生，向日葵的一生都在追逐着阳光，散发着美，散发着属于自己的正能量。哦，我的心中装着一棵向日葵！

缘

　　不知是不是缘分，每当我抬头仰望苍穹，总与你的目光相遇。
　　不知是不是命定，我淡如月色的忧思，总因牵挂你而起。
　　于是，我在不知不觉中期待，期待丽日轻风细雨。
　　你却在期待中不觉也不知，要不怎会总遗忘，那个富有生命意义的字？

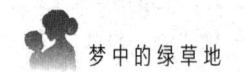

谁在敲门

轻轻地,谁在轻轻地敲你的门?
绿色的门里藏着你绚丽的梦。
敲门声轻轻的、轻轻的。心扉的撞击却重重的、重重的……
我呆呆地渴望,你会打开门;又痴痴地盼着,门里没有人。

棋

人生如一出戏,人生如一盘棋。
如你,你便是我无悔生命中一盘下不完的棋。
无论生与死、爱与恨、成与败、欢笑与哭泣;每一着、每一步都与你息息相关。
多么渴望和你肩并肩,走过春夏,走过秋冬,用我俩年轻的生命下一盘富有生命意义的棋——关于爱情、关于诗……

致婵娟

自从那晚在彩云间相识相遇,再没有你的音讯与踪迹,我派出时光的青鸟四处打探你的消息,每次都是失望与疲惫。

思念你！思念是一床厚厚的被子。盖住了春，盖住了夏，盖住了秋。直到盖得整个世界的倩影都是你，每个角落都飘着你娟秀芬芳的名字。

终于，当瑞雪飞扬的时候，你再次光临我苍白的心灵世界，我激动不已。感谢上帝！真希望这次能把你紧紧握在我五彩缤纷的生命里。愿你的生命之光照出灿灿清辉，在日里夜里，在永恒的四季……

初恋之夜

黄昏，你我相约林荫道。微风轻拂，晚霞似姑娘脸上娇羞的徐徐消退的红晕，绿色的原野送来阵阵芬芳。

情不自禁地陶醉。真想唱一曲《林中小路》。

然而，夜幕很快降临……

没有朗月，几颗调皮的星星眨着眼睛。

我忽然感到拘束，不知该挽着你的手还是让你在黑夜中独行。

你似乎有点尴尬，正欲开口，黑夜却压迫着沉默——似乎有万语千言，却无从说起。

你无法忍受这般沉默吗？

你甩头走了。

满腔的忧郁留给我和寂静的夜……

初恋与失恋

初恋是春天的蒙蒙细雨，朦胧而美丽。虽然彼此未能看清，却能感受到浓浓的情感和甜蜜温馨的气息扑面而来。

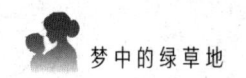

失恋是一种刻骨铭心的苦痛，是一次在甜蜜海洋里的翻船，是一种从无奈之河驶出的感叹。

初恋是夏日美丽的荷花，展现在你的眼前，是多么纯洁高雅。

失恋很苦，人生有了它自然会平添几道创痕。多年以后，这创痕还会隐隐作痛。

初恋是一杯浓烈的醇酒，饮下去会醉倒日、月、星、辰。

失恋是雨季的一种滂沱，是心之镜的破碎。

初恋的天气阴晴不定。渴望得到，渴望拥有，又怕失去，那美丽动人却又无奈的心绪，幽禁了初恋情。

人的心灵，得到了烦恼，失去了自由……

失恋是大海中一张被打歪了的风帆，时时会偏离码头和航向。

初恋是一种漫长的等待。站台的汽笛早已沉寂，接站的人们已然散去，恋人如铅般的脚却纹丝不动，那种可爱的固执令人感慨。

失恋是秋后的一枚落地果，捡起它，即使浪迹天涯，亦无牵无挂。

若干年后，当我们走过春季，走过夏日，穿过秋林，回首忙碌、沧桑的世间，初恋依旧如初阳下的一棵含羞草般可爱。

轻轻叩门的黄昏或清晨

还挂着一线残红的夕阳被黄昏多情地拨响，转眼又迎来了莹莹朝露的清晨。我渴望你用纤纤玉手轻叩我绿意莹莹的心灵之门。如果这样，狂喜与未被你遗忘的快感，会如月光般清凉地沐浴我的身心或者仿佛飞驰的阳光光临寒舍，那种感受惬意潇洒、美丽动人。

就这样等待你轻轻的叩门声，好想"吱呀"一声敞开门，敞开我的一片深情。

你呀，偏偏说喜欢清静。关闭自己，等于把孤独寂寞独饮。

黄昏或美丽的清晨，我祈望你能敞开心门。

轻轻地对你说，每当黄昏来临，你便会有一种痛楚的感觉，这究竟是为什么呢？

是不忍心绚丽的黄昏被黑夜抢去，还是伤心目睹黑夜笼罩一切？

你可知道，黑夜是一位伟大的母亲，无数次为了孕育黎明而不顾一切直至虚脱？你可听过，月光下的小夜曲是多么撼人心魄？

黎明感动得涨红了脸庞，竭尽全力擎起辉煌的日子。

每当黄昏来临，便有一种神圣的感觉。

我想这样轻轻地对你说……

冬日情绪

雪花飘尽。心，徒有一腔热血。

你是否明白：遗忘也是一种悲壮？

阴雨霏霏，发霉的信封邮不出感叹。

心盼着阳光。

明知雨中孤独，偏喜欢走泥泞的雨巷。而且故意不带雨伞，故意让寒风冷雨抽打。

——莫非这样，才能把思念拉长……

岁月蹉跎，江水汩汩。难以剪断的是如丝如缕的情思。楚楚目光，只好沿着你被放逐的荒原流浪。

令人忧愁的晨昏，滋生美丽的阵痛。

磨难与痛苦，亦分外见人间真情在！

你真诚地微笑，绽开羞涩的桃花，我萌生变成蜜蜂的幻念……

盼你，这头温柔善良的小鹿。

想你，这棵活泼多情的柳树。

静夜如水。心中念你到天明。声声呼唤，都是你如莹的名字。

一首歌，可以将生命之树唱绿。

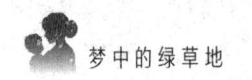

两只青鸟在无忧的下午在枝头欢唱，轻轻传递春天的讯息。

谁会知道，我在雪花飘舞的日子，读北国的晶莹，读潇洒挺拔的白杨树……

然而，当我从晶莹的梦中醒来，我才痛楚地发现你伞下那位爱捉蜻蜓的蓝衣裙女子不再是我，不再是……我拥有的，只是浅浅的回眸中滴着几点带涩的甜蜜，只是以往写给你的诗信在烈焰中发出孤独的蓝色，他们，在我如普罗米修斯般被缚的悲剧中，究竟扮演了什么角色呢？

不幸是由于病痛，幸运是由于相遇。心灵的微波在感受你纯真的轻声絮语。世上有什么能比理解宽容更令人忘怀呢？

人生，不求终生相伴，只祈求心心相依。

无言，也是一种情绪。

受创伤的心若有一种无言相对也是莫大的慰藉。

而我，属于我的橘色夜晚何在？

你洁白的手帕一挥，挂在我脸上的痛苦如惊鸟般逃遁……

可是，那天你离我而去，只把梦幻留给昨天，留给落日的余晖……

等你，等你于岁月的槐树下，历尽了人间风雨。

相遇，不枉人生一次。

但如果爱你是一种伤害，我会像瞬间即逝的流星。不然，就悄悄唱一曲《绿岛小夜曲》。

为你精巧的心灵结晶，为你编织的五彩梦幻，我该回献一首什么样的诗？

我要把你摄进心底，让岁月的流水无法冲去。你呢？可愿意？

泪眼，瘦成一条相思河，一条河的相思。无声的淡月下，孤单的影子，拖得老长老长，我时常踩痛自己。

如果，我苍白的小屋容得下真诚的你。

今生，我不会再相信——关于世界住房紧缺的传言。

不知什么时候开始，春风已将蓝色的窗帘高高扬起，我的心飞上了广博的天空。

愿是一只鸟，可俯瞰你的世界。

愿是一首歌，可挂在你的芳唇。

今生我认定了你

今生我认定了你。

透过蒙蒙的春雨，透过茫茫的人海，我以自己年轻的生命、无悔的青春做一次大胆的赌注。今生我认定了你。

那刻骨铭心的一瞥——仅仅是一瞥，我便认定了你，我便牢牢地将你摄进了心底。我笃信：那穿着比红枫更红的衣衫的你，那穿着黑健美裤的俊秀的你，那纯洁无瑕、温文尔雅的你，正是我寻找了好几个世纪的知己！

唯有你，唯有你才懂得秋叶飘零的故事，唯有你才懂得我对明媚春光的希冀，唯有你才能助我熬过寒冬、涉过泥泞多雨的夏日……

哦，我心中纯情、温柔、可爱的百灵呵，今生我认定了你。纵使上苍赐我亿万财富，我也只愿以青春热血、以生命去做一次赌注——爱你……

梦中的倩影

在春雨霏霏的日子，我的意象含着眼泪和鲜花。为了匆匆相逢，也为了匆匆别离；为了苦涩的泪，也为了暗色的诗。该忘却的可否是悠悠的白云？该想起的，可否是波光粼粼？你以全新的姿态，掀起大海汹涌的潮汐，淹过岁月艰辛的痕迹，湿润了江南和江南最后的梅雨时节。在你艳丽的红衣裙边，我放飞了依恋你的雌鹰。去穿越风雨雷霆，照亮你我火红如枫、幽幽如萤的记忆。

呵，梦中的倩影，简陋的梦因你而辉煌，乏味的戏因你而有欢声笑语。

当你醒着的时候，你是我心中的倩影；当我睡着的时候，你便是我梦中的月亮……

梦中的绿草地

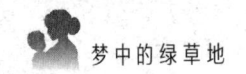

假　若

　　假若你是窗台那朵幽香的雨兰，我定是用生命为你浇水的园丁；假若你是黑夜里迷路的旅人，我定是草丛中的秋萤；假若你是永不降落的风帆，我定是你心海执着远航的双桅船；假若你是断了翅膀的雏燕，我定是穿行云雨中的白色精灵……

　　太阳，自有太阳的雄伟；月亮，自有月亮的柔情。当蝶儿不再起舞，我如何读你呢——于生命的风景线……

生命的琴声

　　在生命的时空，落霞已缤纷。蓦然，孤独的心灵深处，响起一阵清丽动人的声音。

　　悠扬婉转、悦耳动听的是琴的声音，而你就是我心中一把温柔秀气的琴。

　　在神圣的心灵殿堂，你绝非虚拟的风景。

　　在我忧郁的时候，你弹起如歌的行板，奏得四季如春。

　　我年轻的生命，因此而绿意莹莹，每次欢乐，都是你带来的好运。

　　假若，我是一首无韵的歌，那么，你便是缭绕我生命的永恒欢乐的歌声。

弦外音（二章）

断 弦

那年冬季，大雪纷纷。心灵的火种意外熄灭，你我成了陌路人。

既然，心灵的琴弦已断，有谁还愿意弹昨夜的辛酸？

昨夜西风刮落了无数感叹。

一把断弦的琴，一只失控的风筝，占据了我的整个视线，牵动了我的整个生命。

续 弦

用什么来弥补破碎的心灵？

用什么去延续生命与爱情的断弦？

日子磨平了抚琴之手与抚琴之心。

那么，就在暖暖的秋日下，筑一个巢吧。在巢穴里，你不妨进入温馨的梦境。

临窗的衣柜里摆放着一把圆润、温柔、秀气的琴。

伸出你被思念潮红的手吧——抚琴。

琴声起处，生命和爱情之树将重获新生。

相 逢

像两叶漂泊的扁舟，历尽风的吹打、雨的洗礼、浪的折腾、海的浸泡。

你我，相逢在人生的十字路口。

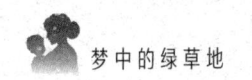

我欣赏你的俊秀，带着倾慕；你注视着我的苍老，含着忧愁。用不着华丽的辞藻，一切，都在眼波中默默交流。

哦，倘若人间没有离别，就不会有深切呼唤的心、牵肠挂肚的魂，就不会有痛苦、悲伤、忧郁、绝望，更不会有回旋在心窝里的暖流和那双握得酸疼酸疼的手。

太阳和月亮也不会在同一条线上做出思考与微笑。

呵，相逢！令人渴望、令人畏惧，令人欢欣亦令人失落的相逢啊！

致 梦

静谧的秋夜，我用强烈的心灵微波，向你发出邀请。邀请你一起感受午夜的沉寂，用硬底的足音去敲醒昏睡的灵魂。邀请你一起逃离爱的荒原，用粗犷和无畏的跋涉，去冲破世俗之网囚徒般的幽禁。一起抢渡百慕大三角。

纵然，我的幻梦破灭，心在沙漠上流浪，我绝对不会向世俗低头。

而你呢，敢不敢接受我的邀请？

伤心的你我

低矮的天空，漫过一阵冷风。漫过的风唱着忧郁的歌，无可奈何的叶片随风而落。面对这令人凄凄切切的满地凋零，我真不知该怎样对你诉说。

再多情的手也无法擦干涌泉般的泪水，我脆弱的心里只有沉默。泪水流尽了，心便只剩下沙漠，千疮百孔呵怎能承受你的信任？！

只希望失血的心灵多一片蔚蓝，只希望满天的星斗多向人间洒一点甘露。让岁月快快长成一棵参天的大树，遮住风沙，遮住伤心的你我。

祈　望

你秀气的大眼睛是会说话的。忽闪忽闪的，向我倾诉美丽动人的故事。

我如醉如痴，成了故事迷。

虽然你我隔着千万里，中间横亘着高山与大河，但凭借超时空的波光即可走进你的心灵；虽然我今生今世因为搭错了末班车，已经痛失了与你同台演出的良机。偌大的人生舞台上，只有你或只有我孤独的影子。但我依然固执地笃信来世你我还会相遇。当我们面对众多观众报以的暴风雨般的掌声时，绝对不会因为少了你或我而怅然若失。

寻觅爱之源

我来到了情有独钟的大海身边。

只想把海的凝重、海的深沉和海的执着，用绿色的信封寄给你。

海边，尽管烈日很毒，海风腥咸。寻觅爱之源，我也学会了大海的执着。

想你，直想到圆月变成了一面镜子，照出了沉默的金色的我和洋洋洒洒的你。

海滩上，难以找到五彩斑斓的小贝壳。你会责怪我吗？

你甜甜的微笑，如何能扯断我苦恼的思念？

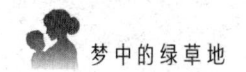

伤 别

　　流星雨打湿芭蕉叶，打湿那首千古绝唱的小诗。

　　人生自古伤离别。离别那晚，窗外下着剪不断的霏雨。那是时间留下来的串串遗憾的念珠啊。

　　当时光的青鸟，一分一秒地剥夺你我相识、相逢、相知的权利，流浪的恒星，该如何从孤寂走向孤寂？

　　柔肠寸断。我的脉搏停止了几个世纪，黑太阳和蓝月亮再也无缘从地平线上站起。

　　雨后的景致难以涂写和抒发，感伤虽然含着纯洁却遥遥无期。

　　那么，在七彩霞光中的你的背影，该算是什么样的风景或者暗示？

无望的等待

　　站台的汽笛早已沉寂，我固执地渴盼，热情丝毫不减。

　　为着那个遥遥无期的等待，等你如一朵圣洁的莲花在我的心灵中禅坐。我立起透明的双掌祈求，且把所有心灵的门窗打开。轻风吹进来，彩蝶飞进来，伊人啊，唯独你没有来。

　　你没有来，思念长成古榕上的藤蔓，缠满了我的世界。夕阳，在西边，把天际烧红了，我孤寂的相思，也被夕阳染红。地平线从清晰到朦胧，从清晰变朦胧啊。

　　我仍然固执地等你，于千年的古榕下，等你。犹如朝阳露出灿烂的笑脸，温暖我白发苍苍的心怀。

致圆月

谁人不说，今晚的月亮好圆，圆得叫人心生爱怜。

我却只看到，天上站着一个冰清玉洁的神。千万年来耐尽冷冷清清的寂寞，去制造吴刚捧出桂花酒的喜剧、闹剧与悲剧，一旦夜晚来临，总是将青春倾吐。直叫人可望而不可即！

我只是一个粗俗的凡人。直面你这个冰清玉洁的神，我只想说，我宁愿演绎破碎的悲剧，也不愿意演出圆满的喜剧。既然你送给我清辉的问候，我该回赠你一双忧郁的眼睛。愿你窥见一切虚伪面纱下的脉脉温情。

莫再做千古绝唱的殉情了。请记住：你的身前，是光芒四射的太阳；你的身后，是相亲相爱的星星。

中秋的思念

很早，就想把圆月和圆圆的思念寄给你。无奈，总找不到合适的信封和你的地址。温暖的情思日夜漫溢着，溢成另一个太平洋，却不知能否涌向你。

于是，我寄托圆月。把所有的思念都寄给月亮，我的思念，就是圆月每夜洒下的缕缕清辉。

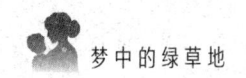

致远方的梅

雪花飞舞的日子。冰天雪地之下,有一条顽强流动的河,有一些冻不死的记忆。

久不通信。心灵之门似已隔绝。

你,寻找通往春天的门。但是,那显示生命本色的门却没有了声响,没有了叹息。

敲叩呀,请用力。

你没有找到神圣的门,又要离开神圣的门。门既然紧闭,敲有什么用呢?

你,幽幽地说。

静静地,你读着流云,读着秋萤,天高云低,你醉心于月下漫步,而你苦吟,人呀人,为什么同病才能相怜?

稀疏的星星也是星星,淡淡的月终究是月。你纤柔的泪,发源于汪汪春水,还是曲径通幽的心池?!

风摆杨柳,你是一团雾、一个谜,难以破译。我柔弱的小舟无法穿越你情感的浪谷。

如果不是遇着百年大旱,花儿为什么不再怒放?如果不是遇上十级风暴,心海扬帆为何驶不出温馨宁静的港湾?!

目睹你如秋叶般瑟瑟发抖,灵魂禁不住深深地震撼,多想燃烧起一团火,划破寒夜,送给你一丝温暖。

拥有日,拥有月,拥有星辰,拥有广宇,你是富足的,叫人好生仰慕啊!

我愿,你是一颗从心海中升起的星星,永远挂在我的夜空,永远。

再致远方的梅

情感,如火山喷涌,我怎么能够抑制?
但是,过早的倾诉,只能导致蓓蕾夭折。
痛苦,无论如何是不能比拟的,美丽,同样也无法比拟。
尽管,那是命中注定的,不可违背,我欲诉无声,欲哭无泪,但暗恋上你,我终生无悔。
祈愿,你的每一天,都充满阳光与玫瑰!

无花果

百年孤独,心,将绿色希冀频频邮寄。一旦相遇,朦胧夜色可否辨别南北东西?为鹿的每次美丽回首,千百回举起猎枪射不出爱与恨、生与死。

天际残红。泪光浸着一枚无花的果子。注定,注定会在无望的守候中失落,一任溶溶月色抹一身孤寂、苍老与疲惫。

斗室里,有二人。

我聆听,我与我无奈的叹息……

梦中的绿草地

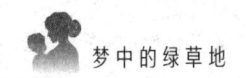

永远的冰洁
——悼友人冰洁

等你，等你于潇潇的雨中。忧伤的云却捎来你的噩耗。犹如晴天滚过一声暴雷，令人震惊。我不敢相信，我不愿相信，这，竟是真的！我多么希望云的后面是你姗姗而来的足音，然而，潇潇雨中，我似乎看到楚楚的凋零，一如那片孤零零的落枫……

尚未进入预期的秋天，尚未进入你生命的又一个新的雨季，意外地却在波涛中湮没，残酷的现实，粉碎了我枕边开放的冰凌花般圣洁的梦。

问上苍，为何忍心让恶浪剥夺一个美丽的生命？让另一颗柔弱的心去承受失去挚友的悲痛？

如果不是你冰清玉洁，如果不是我们共同感知了世间的孤独，如果他有能力挽留你如流星般消逝的生命……那我们不会如此悲痛！

而此刻，只有默默地悼念，让悲伤化入风中雨中，变作深深的哀思。

祈求万能且仁慈的上帝对你倍加爱惜和宽容，让你年轻美丽的灵魂快快升入天国。你，在我们心中永远高洁！

茫茫人海，我寻找失落的梦。苦涩的心，还未领略人间的真谛，降临的夜幕已遮住了白天的明净。

我的记忆变得凝重，像寒夜里单薄的影子，暗淡、孤独、可怜，年轻的心仿佛鲁钝。呵！失落的梦是带血的花瓣，那流淌的血泪编织着一个记忆沉重的梦境。

人，是大自然之生灵啊——何尝不企盼幸福与温暖？但愿理解之神，能驱散那心头压抑的阴霾，让那冰冷的心能得到阳光的温暖；但愿失落了的不再失落，萧萧的寒风不再吹散已无依托的花瓣；但愿受伤的心灵也得到安宁吧！

如流的人海中，我的思绪是浓重的。寻找的梦幻如此艰难，啊！

不绝如缕……

白舞鞋

你有一双洁白的舞鞋。

那上面镶着两颗黑色的玛瑙。呵,朋友!或许你不会知道,那是两颗心呀,一颗代表我,一颗代表你。

偌大的人生舞台,它们相伴相依。一颗心给你智慧和力量,一颗心给你战胜困难的信心和勇气。请旋转吧,带着你怀春少女般如诗的心怀,带着你五彩的梦幻和希冀;旋转吧,电子琴正为你伴奏,掌声正为你鼓荡激越。

一如暴风骤雨……

呵,纯洁的白舞鞋呀——我要好好地谢谢你,你伴我走遍天涯海角,走过人生的风风雨雨……

爱在深秋

秋意渐浓的日子,我用秋雨涂写着忧郁的长诗。

然后,把她读成泪珠,读成李清照凄婉的词句……

曾梦见,海鸥飞翔的翅膀,在梦中,心中共拥的那片蔚蓝……

从彻骨的孤独中醒来,才痛楚地忆起为你撑伞的那个爱开玩笑的男孩不再是我,不再是……命定,只能一次次失去。尽管,失去的不仅仅是你,不仅仅是那份期待、那份惊喜和那份默契!

日子老了,季节也会过去……

随着风,随着雨,随着黄叶纷飞的季节,爱,走向深秋。

是告别的时候了。

——让我重新上路吧!

梦中的绿草地

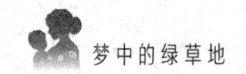

梦中的绿草地

绿茵茵的草地上，你飘逸的秀发就好像纤柔的雨丝。我特意不带伞，好让那多情的雨淋湿，在雨中沐浴，在雨中陶醉……

在这里，风儿轻轻地吹拂着，夕阳正在缓缓地下沉。我对着夕阳弹响了挽留的曲子。不知为何，你却缄口不言，不再把悦耳的歌声向我传递。

我无法明白其中的故事。

面对下沉的如血残阳，再深的思念也只能是无奈的叹息。

今后，能走进梦中的只有那片绿茵茵的草地，绿茵茵的……

春日偶拾

我不希望，眼泪压榨的一丝光亮也是破灭。所以，得不到的，都写进了诗里。

你说，在快乐的时候忘记我，在痛苦的时候想起我。但是，无论快乐与痛苦时，我都无法忘记你。

幸福，要靠自己争取；命运，要靠自己把握。你祝我做个好梦，我同样祝福你！

希望你，不要轻率地制造悲剧。

轻率，从来都是悲剧的发酵剂。

你如飞瀑般的秀发，荡漾在我的心田。你浅浅的一笑，给我受伤的心多少慰藉！那无声的慰问，在眼波的静静交流中，为我荒芜的灵魂添一分春色，那带有你温度的五彩春色。

莫名的爱是一种无言的孤独。

请莫笑话我。我是一个搭错车的浪子。

好想紧握一下你纤柔的手，在冰雪即将消融的时候；好想知道，上帝是怎样创造你这双温柔善良而又多情的手和那颗纯洁无瑕、冰清玉洁的心灵。

探温针是冰冷的，却能测出人间的冷暖。有时，冰冷的外表下，会蕴藏多情的芳心……

记住你的叮咛。在痛苦磨难时，要坚信明天会更好！

那个优雅的空间摆着一张斑驳的铁架床，多不相配呀！世事如此——

人们往往会凑合着。

风雨如磐的夜晚

风雨如磐的夜晚……

日子磨平青石板，情感灼伤百合花。雨，从此无法灿烂绽放；花，从此丧失醉人的温馨。

既然，分手像今夜的风暴，迟早会来临；能挽留住西沉的夕阳吗？

但我至今依然难以明白：

你，为何会如此漠然，双眸冷冷的如冻结了的湖？那曾经海枯石烂的海誓山盟呢？那系在你情魂上的蝴蝶结呢？那方飘逸如浪花的红纱巾呢？……

留不住，西沉的夕阳。

情感的风暴，依然随着雷声翻滚，伴着雨声来临。遗憾如那只忧伤的墨蝶缀满夜空，而我，即使仰天长叹，即使顾影自怜，又能怎样？于是我果断地撑开了五彩的雨伞，撑开了沉重厚实的夜幕，撑起大山的脊梁，撑起高尚的人格！

路还长，且会有同样的夜晚。

风雨如磐……

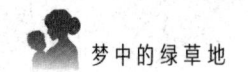

孤寂的相思

在冷冷的夜里，月儿隐去，众星隐去，一颗迷路的星星，不知怎的挂上我的窗子。淡淡的灯光映照着她晶莹的泪滴。

夜，冷冷的，有不安的灵魂在窗外游荡着。知更鸟向秋风诉说，那个红花与落叶的故事。

在寒冷的夜里，虽然惦记着星星，但梦里依稀。

那缕几度挣扎想要苏醒的情丝被紧紧困着，无奈，我只好沉沉地睡过去，睡去的还有我孤寂的相思。

岁月带不走思念

是你吗？那位穿素衣的纤纤女子。

我是那棵婀娜起舞的白杨树。柔柔的，我伫立在清澈的小溪边，对着缓缓而去的河水倾诉。

尽管，岁月的河水能带走我的青春，但带不走我深深的思念。恼人的秋风能吹散我的容颜，但吹散不了我对你的一片真心。

虽然苍天已老，但你怀春心湖的秘密如初。我凝视你的双眸如初。即使我只是一片普通的绿叶，也要衬托你这朵娇艳的花。

漂泊的红帆

夜色，款款东流。你仍在痴痴等待。昨夜痴情的红帆，是否正徐徐驶向你博大的心岸？

如果拨动心弦，可否唤来那轮久违的红月亮？思念，是一支古笛。夜里，才显得楚楚动人。

此刻，悠悠晚风何在？洒脱如云的杨柳何在？如果没了它们，思念的红帆岂不枉自独行？

梦一缕悠悠的晚风，梦一丛洒脱如云的杨柳，伴漂泊已久的红帆。

伴发了芽的思念，缓缓地泊向你刚毅且宽敞的心岸。

生命的呼唤

纵然，把千万种柔情织成一张巨大的网，也无法网住你。你，洁洁之心另有归属。然而，明知道流浪只是流星恒定的轨道。百里之遥，能默默爱着你的背影是一种莫大的幸福。

在多雨的黄昏，我用生命呼唤你。

在泥泞的雨巷，我为你，奋力前行。

或许，生活会有不幸或不测。而痴心的我会时刻撑着抗拒厄运的巨伞，站在你身后，奋力为你遮挡人生的风风雨雨……

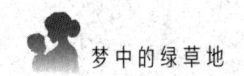

春日絮语

你可知道，我楚楚的心境只能酿造出怪味的诗？

虽然，你挚爱着生命的雄性太阳，我苦恋着皎洁的月桂仙子。但是，今生今世，你我爱与不爱的权利，都只有这一次。

尽管，千百万年来，人世间演出了无数喜剧和闹剧。包括圆满与残缺，包括阴郁与晴朗，包括风霜与雨雪，却总是重复"宁为玉碎，不为瓦全"的主题……

啊，真希望立即刮起一场风暴，掀翻人世间这恒定的剧情。让你我再上一次舞台，即使是演出悲剧。

你呢，是否愿意？

来自心灵的血缘

一个人的春天，并不属于春天；一个人的祈祷，足以成为祈祷。虽然，我灰色的思绪还未被染成蔚蓝，但我已习惯在时空的荒原上流浪。为你——这个温婉善良的小百灵，我愿奉上这些来自心灵的五彩花瓣……

夜色，越来越浓；你却迟迟不肯露面。温婉善良的小百灵哟，你那甜美动人的歌，唱给谁听？你，是否听见，我一次又一次对你深情的呼唤？

再深的相思湖水，也会枯竭——如果遇上冷酷无情的冬天；如果蓝蓝的天空也因此而黯然。你看，夕阳也被我无尽的思念羞红了。但是，我仍然无法知道，在鲜花怒放的清晨，你会不会像一只翩翩而来的彩蝶飞进我专门为你撑开的浓浓的绿荫。

盼你，盼你，还是盼你……月儿圆了，缺了，又圆了；星星明了，灭了，又明了……

我悄声问你：心火还可以重新点燃吗？你心中那束轰轰烈烈的火焰呢？

你不无忧伤地说：今生无缘。

我只好问，既然在人生路口你我匆匆相遇，既然我浅浅一笑可以连通你我隔着江河的心灵，既然世界宏大容得下这份真诚，为什么你我不能同行？！

忧郁的情丝

你不在的时候，青山绿水、红花翠叶都只是忧郁的风景，所有呼唤随着江水远去，甚至无法听到风儿轻轻的叹息……

是谁在炎热的季节，把我染上忧郁？

匆匆地，你我在池塘边、在柳树旁匆匆相遇，你俏皮的一笑，像落在心湖上的燕子，激起我心中的涟漪。我战栗的目光不敢挽留你窈窕的背影，整个季节的梦，整个季节的思绪，被你染上忧郁。

小花篮

雅致的小花篮是你送给我的。是你用少女如诗的心怀，用五彩的梦幻，用缕缕心香、几年痴情及一腔热血所织成的。

那鲜红如火焰的玫瑰，代表热烈的向往；那圣洁的水仙，代表纯洁和美好；那淡淡的茉莉莫非在昭示：既已相逢，何忍别离！

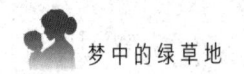

杨柳青青，杨柳依依

杨柳青青的日子，我对你产生青青的思恋。青青的思恋，结出青青的果子，那是无望的守候与失落。

杨柳依依的季节，生命的阳光普照被爱情遗忘的角落，丝丝温馨浸着泪水，带来欢乐。

短笺一束

致 枝

迎风招展，你青青的枝叶染绿了生命的原野。但我知道你展现的不仅仅是生命的活力，还包括闪亮的青春和你默默热爱大地的情愫……

致 田

我注定无法在你的心田种植那枚红红的透亮的相思豆。你我的缘分只在昨天。我的别离，导致你的哭泣。但是，我真的不忍心读到你忧伤的眼睛。那曾经是一双美丽如盛满秋水的眸子呀！抬头仰望，瞬间它们化作两颗最亮的星星，镶在我的夜空中。

致 林

你把根扎在我的土地上。我所有的情感、所有的养分都为你而生。你的茂盛，就是我的浓荫。

在你的怀抱，我是一只快乐的小鸟，我的欢乐，有你分享……

致 叶

你是春天的枝叶，茂盛的生命已伸进了我的天空。好想用我的阳光雨露滋润你呵！

远隔万水千山的你是否愿意？

最后的夏日玫瑰

生命的伊甸园。

最后一朵夏日玫瑰，迎风伫立。我看到淡淡的秋簌簌地向我走来。

秋至性而多情，一切站立枝头的花果叶，它都要摘来献给大地。

所幸，大地善良而宽厚。

于是，有温柔的春、热烈的夏、潇洒的秋、冷峻的冬诞生。

——四季，绝不是一幅任意的装饰画。

而此刻，生命的伊甸园迎风伫立着最后一朵夏日玫瑰。

它，究竟想证明些什么呢？

它，会被秋摘去吗？

如果说生命的存在终归是一种奉献，那么，最后的存在、最后的奉献是神圣且含几分悲壮的。

于是，最后一朵夏日玫瑰绽放得如晚霞般灿烂……

无题变奏

曾经用青春热血点燃不眠的星星，曾经用一片痴情牵来淡淡的冷月。

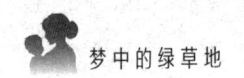

岁月之水汩汩。有小船载着红枫、载着紫贝壳、载着一颗多情的芳心。但是，有谁愿意援引漂泊的小船？有谁愿意招摇流浪的行星？

被点燃的不眠的星星，被牵来的淡淡的冷月，可寻到爱的归宿？

暮霭中，紫色的窗前，伫立着一位忧郁的歌者，远处有蝉儿浅唱低吟……

雪

注定，你永远都是这样：洋洋洒洒，飘飘逸逸。

你，就是我心中飘荡的雪，不是吗？你，不仅有雪的颜色、雪的芬芳、雪的肌肤、雪的脸庞，还有雪的灵魂——纯洁无瑕，轻柔善良……

注定，你永远都是这样：轻轻柔柔，乐乐融融。

你，就是我生命中纯美的雪。

既然，你是雪。注定，你今生今世洋洋洒洒地飘在我的心上……

爱笑的云

你是一朵爱笑的云。

石是一颗普通的星。

今生今世，云和石共同拥有一角蓝天。爱情不像昙花，不会稍纵即逝。

你是一朵爱笑的云。

云盛开在石上。

云为石增添劈开冰山的勇气和希望。

有云的守望，石的梦一定会透亮，像雪山那样纯洁晶莹。

石的心上，将升起一轮艳丽的旭日。

从此，石就能战胜人间的一切疾苦。

"一切都是美好的！对吗？"石对云说。

冷月如霜

冷月如霜。

无悔的人生却始终相信，接近你，就等于接近太阳。阳光普照，温暖四方！

因此，每晚在思念你的南方，夜夜放飞依恋你的梦。梦里，常常走进你北国圣洁的故乡。

真的是想念，甚至盼望着，终于有一天，你自然而然，成了热带雨林中一缕温馨的风，时刻为我梳理无奈的情丝。

每一次月的圆缺、心事都与你有关。

但是，为何你只会高高站在别人的头上，且冷冷地对我张望？

难道真的是应验了人们说的话——冷月如霜？！

春天来了。那是心灵的渴盼，那是母亲的祝福。

今夜的月光

今夜，夜色是那么美好，月儿纯洁明亮。

我们欢聚在这里，欢聚在钦州湾畔，为了我们共同的目标和共同的理想。

月光，轻轻柔柔地洒在银色的沙滩上，一如洒在我们年轻的心尖上；月光，静静地洒在人生的道路上，洒在每一位开拓者的心房……

我们赞美月光。

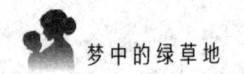

月光下流动着我们的祖辈酷爱土地、酷爱家园的顽强的生命意识，月光下有我们无限的祝福和苦苦追寻的期望。

我们欣赏月光。

月光，纯洁如梦的月光；月光，多姿多彩的月光。你可以印证，我们的追求是真挚的，我们的心灵是无瑕的。即使童年的你和年轻的我是那么渺小，只要坚信属于自己的夜晚有一片纯洁高雅的月光，我想，谁也没有理由拒绝，哪怕是洒在历尽寂寞与甘苦的广玉兰树上的月光。朋友，请打开你心灵的窗户吧，迎接那一片如诗如梦的月光！

哦，属于你我的今夜的月光……

三月的脚步

三月的第一天，不管是阳光灿烂还是阴雨绵绵，它还是姗姗地来了。街上的行人，尽管步履匆匆，且绝大多数人戴着口罩，但是从坚定的眼神中，我看到人们对生活的执着和憧憬，我看到人们已经有了更强的信心。这一个多月来，每个善良的人，心中天天重复这样的话："中国加油！万众一心，众志成城！"在全国人民的努力下，新的希望即将到来。

我在远方祈祷、祝福！愿疫情早日结束，大家可以摘下口罩，为美好的祖国，为英雄的人民放声歌唱！

那区那人（二章）

那　区

在南方，在中华白海豚与大工业和谐共生的钦州，在美丽如画的滨城，那区,不再仅仅只是一个区域;那区,代表着自由贸易试验区,属于钦州做好五篇文章之重要一环。

马上就办,真抓实干,办就办好,水滴石穿,这便是一种勇气支撑着的精气神。

战鼓已经敲响,那区,肩负着历史的重任。

建设"一带一路"西部陆海新通道之枢纽城市,那区,义无反顾,风雨兼程。

那区,彰显力量,善做加法,不做减法,扔掉包袱,轻装上阵,发挥中马"两国双园"的优势,发挥自贸试验区制度创新和综合保税区优惠政策叠加的优势。

有一种东西令人感动,那便是一往无前的精神。

有这种奋斗的精神鼓舞,那区,定会绽放光彩。在五篇文章中,占据重要的一环。

祝福那区,在金秋十月,在如火如荼的建设中,那区一定会迎来更加灿烂、美好的明天!

那 人

那人,是本地勤劳勇敢的人。那人,是英雄的钦州人。这是一片希望的土地,是一座英雄的城市。

近代曾经威震四方的民族英雄刘永福、冯子材便是这个地方的人。

有诗人说,因为一个人,记住一座城,这是有一定道理的。

因为,人是大自然的精灵,人使万物皆有可能。

幸福,固然需要靠人去创造。同样,创造了世界奇迹的人,便成为小康幸福人。

人民至上,生命至上。

这是今年最打动人心的一句话。

有了人,有了宝贵的生命,便有人间的一切。奋斗、追求,我们都是追梦人。

在美丽的钦州城,随着"港、区、产、城、人"有序推进,"钦"近东盟、拥抱世界已经成为当地人的一种使命。

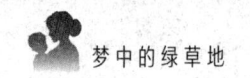

建设美丽城市，建设美好家园，享受幸福生活，做一个富足、文明、幸福的钦州人，成为当地人的一种愿景。有了愿景，有了梦想，钦州的明天一定会更加美好！

金秋十月，秋风送爽。花好月圆，山高水长！

喜迎双节（外二章）

国庆节又是中秋节，普天同庆。专家表示，这种巧合，21世纪仅仅会出现四次（2001年、2020年、2031年、2077年）。其实，每年的中秋节都是固定在农历八月十五，之所以产生这个巧合，完全是"闰月"所致。闰，有哪些好处？它能巧妙地协调矛盾，聪明的古人采取"置闰"法，在有的农历年份安排了十三个月，于是便有国庆节、中秋节的喜气相逢。今天，整个朋友圈，出现最多的是：白天迎国庆节，晚上过中秋节，国与家喜相逢，一定国泰民安！这些祝福语，巧妙融入国与家的元素，仅仅一句话，足见中文的魅力！今天也巧，恰好我值班。白天，在办公室，以工作的状态，为祖国庆生。晚上回家，再慢慢欣赏天上那轮明月，寄托对亲人的思念。

那 城

我所居住的小城，是一座古老而年轻的城市。称它古老是因为它已经有一千四百年历史，古称"安州"。说它年轻，是因为从1994年6月28日撤地设市至今（2020年）二十六年，还没到而立之年。先秦时期，钦州属百越之地。由于当时落后，人们误认为钦州就是天之涯，海之角。后来秦始皇统一中国，钦州属秦设象郡所辖（从汉朝、三国一直至晋时期，钦州属交州合浦郡所管），再后来，南朝宋元嘉第一次建制，称为"宋寿郡"。再后来，隋开皇十八年（598年）改为"钦州"，取"钦顺"之意，之后一直沿用此名。历史上，钦州有一批名人或居住或来过，如刘永福、冯子材、齐白石、黄明堂等。著名诗人田汉有诗曰："近百年来多痛史，论人应不失刘冯。"刘永福、冯子材作为民族英雄,无疑是钦州人民的骄傲。还有著名画家齐白石,他的骏马、对虾等画,堪称艺术精品,在中国画中占有一席之地。钦州,是我工作和生活的地方,属于第二故乡,我热爱这片神奇的土地。那城,成为我成长的地方。我感恩这片热土,感恩日夜歌唱的钦江。近年来,钦州提出融入自治区"南向、北联、东融、西合"发展新格局,全力做好"港、区、产、城、人"五篇文章。如此,那城,定会成为一座美丽的城市。如此,完全有理由坚信。因为,向海发展,前景美好,祝福那城!

那 港

尽管,那港有天然深水岸线。尽管,那港避风浪、回淤小、潮差大、港池宽,一看就知道是非常宝贵的深水良港。尽管,若干年前孙中山曾经在《建国方略》中规划,要将此建成南方第二大港。但由于诸多原因,那港,一无法进入开发视野,得不到及时建设。终于,一阵春风吹过这片神奇的土地。那港,终于动工了。没有钱,无数热爱家乡的人纷纷捐钱捐物,出工出力。终于,那港建设起来了。终于,2008年国务院批准在那港设立中国第六个沿海保税港区。那港,成为中国西部沿海唯一的保税港区。终于,2009年国务院批准那港为整车进口口岸。两年后,又通过国家验收,成为全国第五个沿海整车进口口岸。那港,依靠自己的力量,依靠奋勇争先的精气神,从一个默默无闻的小港,经过华丽转身,成为一个亿吨大港。那港,作为一篇举足轻重的文章,翻开了钦州发展的全新一页。不等不靠,自力更生,艰苦奋斗。那港,已经是一种拼搏精神的象征。从此,有海无港成为历史。从此,"钦"近东盟、拥抱世界不再是一句苍白的口号。那港,抬头挺胸,载入了钦州发展的史册。那港——钦州港,成为海上丝绸之路的重要一环。

梅 花

"墙角数枝梅,凌寒独自开。"读北宋王安石的《梅花》诗,仿佛嗅到了

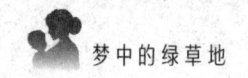

梅花的芳香。今年冬季，大雪纷纷，天气一天比一天寒冷。越是寒冷，越显梅花的英雄本色。雪，让人感觉寒冷，但是梅花在冰天雪地之上，不屈不挠，展现自己生命之顽强及生命之美！实在难能可贵！"遥知不是雪，为有暗香来。"梅花的形象栩栩如生，梅花的品格跃然纸上。每一个人，都应该活出自己的精彩。就像雪中梅花一样，这才不失生命的本色。

"柚"见村庄

容县，古称"容州"。容县有山又有水，风光秀美，但最出名的是沙田柚。沙田柚是金黄色的，形态有几分像彩色的月亮。月亮，挂在古老的村庄上空，吸引游人眷恋的目光！月亮，似一幅画，立于山水之间。从此，古老的村庄散发出一丝淡淡的乡愁。从此，古老的村庄散发出柚子醉人的醇香。

近期，我参加了一个诗会，主题叫"又见村庄"。我心里暗想：是否应该叫"'柚'见村庄"？如果这样，明年，我一定再赴你的玫瑰之约。不为别的，只为那丝淡淡的乡愁；不为别的，只为那轮金黄色的月亮，散发着沙田柚特有的醉人的芬芳。

距 离

距离产生美，这句话我从小就相信。一场疫情不期而至，从此，人与人的安全距离被设定为一米，这个据说是有科学依据的。为了防控和抗疫，人与人之间的确要保持距离，当然，设置安全距离并不是要将人心隔离，经历共同的苦难，经历同一场风雨，我相信，这个距离不是问题。距离产生美，从每个人的自觉行动开始，守住一米的黄线，最终我们会夺取抗疫的最后胜利。我们的手依然会握在一起，我们的肩依然会靠在一起，我们的心依然会连在一起。我相信，距离产生美。

斑马线

　　城市的文明，很大程度体现在斑马线上。不过是简简单单的几道白线，却可以减少许多过马路的危险和麻烦，给老人和小孩带来几分安全感。
　　曾几何时，我所居住的小城，没有红绿灯，也没有斑马线。当时，尽管车不多，过马路依然令人头疼。毕竟大家都来去匆匆，有点互不相让。大街小巷，居然常常车碰车，人碰人。
　　直到有一天，小城开展创建全国文明城市。忽如一夜春风来，天变蓝了，地变绿了。原来人潮涌动、川流不息的马路除了更加整洁干净，还多了几条白色的斑马线。有了斑马线，来往的车辆慢慢礼让行人。从此，人们渐渐学会了礼让。如今，过马路的人们不至于像以往那样胆战心惊。
　　这个海滨小城哟，在春风的吹拂下，一天天变化，一天天成长。
　　哦，懂得了礼让斑马线，说明这个城市的人开始懂得守规矩，讲文明，懂礼貌，知感恩，说明这个城市的人们整体素质有了巨大的提升，昭示这个城市创建全国文明城市的成绩。
　　斑马线，见证了一个城市的成长！

栅　栏

　　栅栏的意义在于将两侧马路隔开，让车辆更有序地通行。
　　栅栏，并不是想人为制造麻烦。

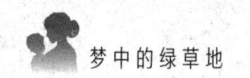

白色的栅栏其实挺美观大方,在日光的照映下,闪闪发光,不失为一道美丽的风景线。

然而,此时此刻,一位成年男子却不走斑马线,他双手攀上栅栏,一跃而过,一辆轿车在他面前紧急刹停,差点发生危险。

栅栏见证了这个不文明的行为,但是除了愤怒,只有无奈。

我想,什么时候这种不文明的行径才能自己消失,还城市文明美丽的风景?

小 窗

自从盘古开天地,每个房子往往都会开几扇小窗,接纳雨露,接纳阳光!有了这一扇扇明亮的小窗,可以看到蝴蝶穿梭于花丛之中,空气可以自由自在地流动,心情会特别舒畅。

而今,科技已经十分发达,自从拥有手机,有了微信,交流感情,互通信息,不经意之间,便可以拥有美好的时光。

其实,每一个人心中都会自觉或不自觉地开一扇小窗。正是有了这扇小窗,彼此之间,就可以增加信任,多些理解;彼此之间,就会守望相助,共克时艰。

因此,我想说,人与人之间,心与心之间,不要轻易关闭彼此的小窗,有时真的不明白,为何一言不合,就会彼此伤害。

亲爱的朋友,你是否想过,小窗一旦关闭,就会导致这样的尴尬——白天不懂夜的黑,你永远也不会知道我是欢笑还是哀伤?!

老照片

照片，可以真实记录人世间的美丽风景。

照片，也可以成为维系友谊天长地久的信物。

我的相册中，珍藏着一位作家老师三十多年前的照片。老师穿着一条蓝色的裤子、一件普通的白衬衣，戴着一副眼镜，微笑地站在黄果树瀑布前。

在这张帅气的照片背面，写着一行这样的文字："飞腾的瀑布，不知是不是，正因友情而激荡？"老师的字潇洒自如，有几分其散文诗的风格，我一直珍藏着这张照片。

而今，照片还是好好的，当年还年轻的老师和我，而今，心依然年轻。

老师已成为名家，出版了数十本散文诗集。我也成为一个痴迷文学的爱好者。

这张照片，我将好好珍惜！如珍惜和恩师的友谊！

写作捷径

哪有什么岁月静好，只不过是有人替你负重前行。这是前段时间媒体较为流行的一句话。今天，我真诚地想对初学写作的朋友说，其实写作之路，从来就没有什么捷径。你每前进一步，就要付出一步的艰辛。每取得一点成绩，就要付出十倍甚至百倍的努力。因为，一步一个脚印，一步一滴汗水，甚至是一滴泪水和青春的热血，才会帮你实现所追求的梦想，才会助你赢得有价值的人生。你别无选择，真的更无所谓捷径。当别人选择放弃或者半途而废之时，你选择了奋力前行，选择了坚持，明知前路有艰险，咬定青山不放松。这，就是你奋斗的轨迹，展示出你多姿多彩的人生！

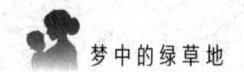

七夕情思

七夕节，七夕快乐！热恋的情侣，无论天上人间。牛郎与织女的故事，感动了人间许许多多的男女。

说来也巧，七夕这天，天空有时会飘落一些绵绵细雨，不知道是牛郎感动了织女，还是他们喜极而泣。一年只有一天能够相见，于是，牛郎、织女来到天上的鹊桥相会，倾诉无穷无尽的相思。或许是撼天动地，只见天地之间，如丝如缕的细雨从天而降，纷纷扬扬，无边无际。

七夕这天，彼此深爱的人们，互相祝福，用鲜花与美酒，表达柔情与蜜意，传递彼此的山盟海誓，海枯石烂，痴情不变，真心至永远。

七夕，也叫"乞巧节""七姐节"，人间美好的传统，因牛郎、织女，感动了千千万万善良的人；因牛郎、织女，谱写出许多美丽的传奇。

七夕始于上古，普及于西汉，而今，岁月不老，生生不息。

人们传递着天地间这份美好的情感，誓将这个浪漫的爱情节日进行到底。

哦，好一个让人脸红心跳的七夕节！

微　笑

据说，心中充满阳光的人，都是喜欢微笑的人！喜欢微笑的人，心中有爱，他的内心强大而又善良。支撑着他的是一种文化与涵养。文明的人，更是微笑的践行者。

或许，他的一言一行、一举手一投足，都会给人不一样的美好的感觉。于是，人们自觉不自觉地以他为榜样。

微笑，其实就像阳光一样灿烂，给人温暖与力量。喜欢微笑，喜欢给人帮助，助人为乐，守护属于自己的精神家园！

朋友，建议你每天悄悄问自己：今天，你微笑了吗？你是否学会了宠辱不惊、云淡风轻？

花落的声音

说好的风，没有按时来。说好的雨，没有如期到。

没有风，没有雨，何来风雨声？

今夜，四处一片寂静。

我，忽然听到了花落的声音。没有风，花居然会离开叶？

原来是秋天来了。秋天来了，叶子会一片片凋零。花，自然也不会例外。

只是，今夜花落的声音，在我的内心，仍然激起了千层浪。

毕竟七夕节即将到来，然而，作为爱的信物——花，却凋谢了。

这，不能不令人有点感伤。

我抬头看看日历，哦，原来我亲爱的妈妈，不知不觉离开我们已经一周年。

难怪，今天花落的声音，夹着悲伤！

雨 声

雨，从天而降，晶莹剔透的白色精灵！喜欢雨，竟然是从听到雨的声音开始的。

千里之外，你其实就像一朵纯洁无瑕的雨花，直面你深情的目光，每次，我都迷醉其中，忘记了带伞，甚至不愿意带伞。

梦中的绿草地

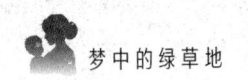

我愿意被你朦胧的诗意包围，久久无法自拔。直到有一天，你喃喃细语地对我说，现在雨很大，你喜欢听雨的声音，喜欢听雨滴落的声音，更喜欢听南方雨的声音。

然后，你鼓励我，说我近期的每一首诗都很用心，让人陶醉其中。我内心一激灵，仿佛我就是那滴令人心生爱怜的南方雨一般。

世界真的很奇妙，两个从未谋面的陌生人竟因为雨、因为雨声拉近了距离，因为雨声彼此架起一座理解和信任的桥梁。

哦，这是来自九天之外，宛如音乐一样美妙动听的雨声哟！

从这个夏季，深深敲打着我的心。

雨声，你永远是那样动听，轻轻地漫过我的灵魂！

翅　膀

翅膀的作用在于飞翔。

人们或许都非常羡慕雄鹰有一双飞翔的翅膀。

自小我就渴望拥有一双翅膀，因为，中学的时候，我读过高尔基的散文诗《海燕》，期待有朝一日也能在暴风雨中穿行。

后来，长大了，在岁月的长河里，我爱上了文学。在一位热心的恩师手把手的指导下，我写下了《碰碰车》《失效的蚊香》等篇章，从此敲开了通向散文诗的神奇大门。

再后来一些热心的诵读老师，为我的拙作插上了飞翔的翅膀，使我的诗飞到苏杭，飞越长江、黄河，飞到恩师主办的"世界华文散文诗年选"平台，一次次得到掌声，引发人们情感上的共鸣！

从此，我终于知道，文字背后的好声音，就是一双助作家飞翔的翅膀，一双坚强有力、无私无畏的翅膀。

我与龙城有缘

我与龙城有缘。

龙城是"唐宋八大家"之一柳宗元任过职的地方。

我的青年时期有两年是在龙城度过的,当时,年少不懂事,不知道柳宗元就相当于今天的市长,不知道柳宗元为龙城人民做了许多有益的事情。

我与龙城有缘。

龙城是我经历疫情之后,第一个到达的地方。创建全国文明城市给龙城带来的变化,可以用四个字形容:焕然一新!绝对不是吹嘘,礼让斑马线,迎接八方来客的暖心微笑,身穿红马甲的志愿者,热情细致的服务……龙城处处荡漾着文明的春风。还有那碗飘着芬芳馥郁的螺蛳粉,令人记住了龙城,记住了乡愁。

我与龙城有缘。

著名歌唱家王宏伟义务为龙城创建全国文明城市做宣传,当年,宏伟老师到钦州演唱,他的团队就是我和我的朋友去迎接的。

宏伟老师刚刚完成录制,我便来到龙城。

宏伟老师拍摄的图片上了"新华网"客户端,短短两三天,吸引了超百万名粉丝。这百余万粉丝就是创建全国文明城市的主力军。

我与龙城有缘。我期待下次再好好畅游一番龙城。

深圳,生日快乐

斗转星移,转眼之间,深圳已经四十岁。四十岁,意味着深圳步入了不惑之年。而这一切仿佛就在昨天。当年，缘于一个老人在中国的南海边画了一个圈，从此，深圳这个小小的渔村，凤凰涅槃般蜕变成一个现代化的大都市。从此，深圳创造了东方奇迹，吸引了全世界的目光，让人们惊喜地看到中国现代化发展的伟大进程！深圳速度，令人震惊！每周建设一层楼，这在以往绝对是不敢做的美梦。时间就是金钱，效率就是生命。这是深圳人的宣言。从此，深圳插上了飞翔的翅膀。到处是林立的高楼，人们开玩笑说，是深圳城种下的森林，一条条宽阔的马路，一处处亮丽的风景。欢乐谷，带给人们美丽和欢乐，但又不仅仅是美丽和欢乐！锦绣中华民俗村，名副其实，名不虚传，完美地将中国名胜与民俗表演融为一体。还有几乎按照一比一的比例建设起来的"世界之窗"，将世界各国的著名建筑都搬到了深圳！走进深圳，相当于环游了世界。走进深圳，可以深刻感受到作为特区人的自豪和骄傲，感受到特区人特有的气质和精气神。在深圳，你似乎还可以听到一阵阵海浪汹涌的涛声。"大梅沙""小梅沙"，洁白的沙滩如梦如幻，吸引人们纷纷来此旅游观光。海天共一色，人和大海同呼吸，共命运！大美深圳，就是这样，以宽阔的胸怀拥抱了世界，笑迎四方亲朋，亲如一家人。我无数次到深圳，每一次，都会情不自禁地陶醉其中，每一次都会流连忘返。四十不惑！而今，四十岁的深圳走向了世界，走向了辉煌，深圳是中国的，深圳也是世界的。值深圳四十岁生日之际，让我深深地祝福一声："生日快乐！"祝福深圳更快、更好地发展！祝福深圳人民收获满满的幸福感、获得感、安全感！深圳，生日快乐！

深秋的玫瑰

  曾经年少不懂事，以为夏日只剩下最后一朵玫瑰。岂不知，秋天的玫瑰更凄美与悲凉。

  当秋风渐起，秋意渐浓，玫瑰却开始奏起离别的歌。

  大自然，往往就是这样。春夏秋冬，一年四季更迭，都遵循着这样永恒的规律，再青春，再美丽，再辉煌，终究敌不过由红转黄的命运。

此时此刻，这朵秋天的玫瑰，有千般不舍、万般依恋，那片属于它的天空，曾经是那么蔚蓝，那片属于它的白云，曾经是那么潇洒自如，而今，这一切的一切，终将被无情的秋风剥夺。

于是，在萧萧的秋风中，玫瑰一片片飘落，古人曾云，"落红不是无情物，化作春泥更护花"。而今，这朵秋天的玫瑰，正以一种永恒的姿态，展现属于它生命最后的美丽。

它仿佛在昭示：生命的美丽永远只是伟大的一瞬，活着就要好好珍惜！

开海节

渔民盛大的节日——开海节，这天正是 8 月 16 日（农历六月二十七）。

开海节，表达渔民预祝新一年的丰收，表达渔民对大海母亲的敬畏和感恩之情。

沿海地区的开海节，像过春节一样隆重而喜庆。一分耕耘，一分快乐，一分欢乐分享给十个人，便成为十分欢乐。

开海节，但见来自四面八方的人们欢聚在一起，举行民俗巡演，举行祭海大典，举行开海仪式。然后，随着一声枪响，千帆竞发，现场大家争着抓捕海鲜，看谁一网下去捕到的鱼多。欢呼声、笑声、掌声此起彼伏，引爆了全场。

当辛勤的付出换来丰收的硕果，人们忘记了往日出海的艰难困苦，激动地举杯庆祝！充满原生态风味的海鲜长桌宴、蚝门宴（用当地的话来说就是"蚝"气冲天），还有海鲜嘉年华、疍家文化展示、音乐晚会，热闹非凡。

2020 年的开海节，并没有因为疫情而冲淡气氛。相反，生活来之不易，人们更加珍惜。

开海节，全程真实地记录了渔民与善良的人们共同分享来自大自然的欢乐的情景。欢天喜地的人们久久不愿散去！多么令人感动的场面。

梦中的绿草地

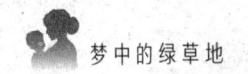

响亮的口号

随着开海节的到来，有两句口号在钦州很响亮：一句是"玩转钦州"，另一句是"接受海的馈赠"。作为钦州人（其实我的出生地为东兴），我很高兴听到这振奋人心的口号！无论是山（那雾山）海（茅尾海）湖（白石湖）畔，还是天涯海角，一草一木，都要玩转。

而接受海的馈赠，仅仅是四大特产，对虾、青蟹、大蚝、石斑鱼，便名扬天下，味道鲜美，营养丰富。身为钦州人，我感到自豪和骄傲。

钦州近代还出了两位民族英雄——刘永福、冯子材。田汉先生曾有诗曰："近百年来多痛史，论人应不失刘冯。"

钦州的口号很响亮，我骄傲！因为我是一个钦州人！

每一季风景

一位文友在朋友圈发了这样一句话：人生，最有价值的资产，是不辜负时光的赠予。因此，每一季风景，都要用心感受；每一种声音，都要用心聆听。

冬天时节，草木凋零，白雪皑皑，寒风刺骨，此时此刻，寒夜里的一把火，给人信心与力量。

而当战胜了严冬，迎来春天后，阳光明媚，百花齐放，万物茁壮成长，一切都值得我们好好珍惜。

转眼之间，来到多雨的夏天，多愁善感的人们喜欢在夏天读情感色彩浓郁的诗篇，风声雨声读书声，声声入耳。虽说是夏日炎炎，但也正是孩儿读书时，只有把握好多彩的夏天，我们才会迎来收获的秋天。

"空山新雨后,天气晚来秋。明月松间照,清泉石上流。"唐代诗人王维的《山居秋暝》带给我们别样的体验。秋天相比于充满希望的春天和热烈的夏天,更多了一份思考和成熟。毕竟经过一番艰苦努力,才迎来了硕果累累的秋天。

秋天给人更多的是理性的、成熟的感觉,秋天又是幸福的、收获满满的。

春夏秋冬,自然的季节,面对每一季的风景,我们需要做的就是从容地面对。不以物喜,不以己悲。淡然,宠辱不惊,如此而已,非常好!

大海的精灵(三章)

海 水

海水是咸的,海水是苦的。但是,诗人说,海水又是甜的。

大海是宽广的。大海带给人们的永远都是美好的憧憬和向往。

大海给我的感觉从来都是美丽的。小时候我读过一篇美文《海的女儿》,或许是因为我从小生活在海边,因此,我从小就热爱大海。

大海总是这样,一个海浪坠落下去,马上就会有一个海浪奔涌上来,不知疲惫地向前再向前,日复一日,年复一年。

尽管,一次又一次被彼岸无情地拒绝,但大海永远都是一往无前,向着它的目标,向着它的理想,义无反顾,勇敢向前。这一切,缘于大海的坚强与执着,缘于大海的广阔与无边。

生活在大海的怀抱里,海水是幸福的,也是知足的。你看,今天的海水满盈盈的,在夕阳的照映下,浪涛像调皮的小孩一样,欢快地跳跃着,海面上泛起了一片金光……

海 浪

我从小就认识大海。因为,我就生长在大海的身边。大海,培养了我宽广的胸怀和不屈的性格。

梦中的绿草地

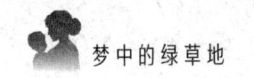

我从小就热爱大海。我知道海浪，海浪的汹涌与豪迈，我从小就向往。

终于有机会，我读到了作家关于海浪的文字，"滔天巨浪，把一叶扁舟拖起来，狠狠甩入波涛"。这句话将海浪的凶恶描述得淋漓尽致。奇怪，对海浪，我并没有产生反感和厌恶，相反，我觉得海浪十分亲近。

终于，我又从诗人那里读到了不一样的海浪。"浪推着浪，浪牵着浪，跳跃，翻滚，掀起一层惊涛。"一个"推"，一个"牵"，还有一个"掀"，海浪的气魄与力量，呈现在人们面前。

出于对大海的热爱，我从小就喜欢海浪。喜欢海浪的汹涌澎湃，还有海浪发出的吼声，让我的心，永远充满阳光。

浪　花

在茫茫大海里，什么会伴着大海的一呼一吸，永远不知疲倦地歌唱？——浪花呀！

这白色的精灵，永远带给人欢乐。

诗人说，人的生命似海水奔涌，不遇着岛屿和暗礁，就难以激起美丽的浪花。诗人的话语，大多充满激情和浪漫。

在诗人的笔下，浪花永远都是美丽的。

我想，浪花之所以美丽，是因为浪花的生命中，虽然经历无数次冲撞，而且每一次冲撞得哪怕浑身疼痛，却从来不会呻吟。相反，它发出的声音，总是那么悦耳动听。因此，诗人又说，那是浪花在歌唱！

是的，浪花不仅仅是在歌唱。浪花，本身就像一个能歌善舞的艺术家。

可不？在阳光的照射下，浪花就像白色精灵起舞，美妙极了，甚至像天空中的云朵一样狂奔，层层叠叠，令人羡慕，令人感叹。在小小的浪花身上，足以看到大海和大自然的无限魄力。

没有见过大海的人，其人生，或许是有遗憾的。

没有见过浪花奔涌的人，其心中，或许，会少了一些欢乐的歌声。

朋友，如果你还没有机会见过大海，你不妨来北部湾走一走，看一看。或许，你会有意外的收获和惊喜。或许，会有一朵小小的浪花，专门为你而歌唱！

红 柳

生长在沙漠里的一团火，红得让人羡慕。那便是红柳。

认识红柳，是读了毕淑敏老师的一篇散文《离太阳最近的树》。读罢，内心震撼，灵魂受到洗礼。

红柳，永远保持一种向上的姿势、一种从容不迫和一种浩然正气。

红柳，浑身上下都是红红的，给人的感觉，热烈燃烧，给人的印象，甘于奉献。

红柳，既无畏又无私，既执着又坚持，既刚毅又隐忍。

红柳，令人感动，令人敬佩，令人潸然泪下。因为，在大沙漠里，条件恶劣，资源匮乏，没有水，没有电，没有火，没有光。只有风，只有沙，而且，发起威来铺天盖地，令人迷失。

红柳，不仅仅为人们挡住风沙；红柳，不仅仅为人们鼓舞斗志。

而且，红柳，还是勇敢的卫士，守护人们的精神家园，让风沙不再耀武扬威。

当天气恶劣、寒冷刺骨时，红柳，勇敢地站出来，义无反顾，奉献自己，燃烧自己，为保护人们的生命安全，顶天立地……

在人们心中，红柳，已经长成一棵勇敢坚强的树；在人们心中，红柳，已经成为一面永远飘扬的旗帜！

学习红柳，羡慕红柳，致敬红柳！做沙漠中永远挺立的红柳！书写大漠中的传奇故事！

红柳，永远活在人们心中，永远为人们遮风挡雨……

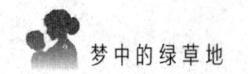

松　柏

对于松柏，或许，人们都不陌生。《论语·子罕》曰："岁寒，然后知松柏之后凋也。"唐代文学家刘禹锡也有诗曰："后来富贵已零落，岁寒松柏犹依然。"

松柏，人格诗化，赋予人一种力量。陈毅元帅曾赞颂松柏："欲知松高洁，待到雪化时。"

不难看出，人们对松柏孤高坚韧的品格是敬佩和欣赏的。松柏，除了自身高洁，不畏严寒，还象征着坚强与不屈。松柏，还可作为盆景，供人欣赏。松柏的枝干，是那么蜿蜒婀娜；松柏的姿态，是那么古典优雅。

千百年来，松柏就是这样，默默地挺立在那里，任由喜欢它的人们，前来观赏，前来称赞，前来学习。它带给人们的，总是一种美的享受。

而今，时光匆匆，虽然已经进入冬季，但松柏不会因缺水而枯萎，它永葆生命的勃勃生机！

松柏，岁寒方显你的英雄本色！

瀑　布

瀑布从天而降，晶莹剔透，水花飞溅，在阳光下开得灿烂。其实，全天下的瀑布，都是相同的；不同的，只是看瀑布的心情。

诗人李白，充满浪漫主义色彩，遥看瀑布就能写出"飞流直下三千尺，疑是银河落九天"的佳句。而今，你我立于瀑布前，除了愉悦、兴奋，或许，在瀑布前的你我，已成了别人眼中的风景。

若干年前，收到恩师赠送的一张在黄果树瀑布前的留影。恩师在照片背面写了以下文字："飞腾的瀑布，不知是不是，正因友情而激荡？"

照片，我一直珍藏着，并沿着恩师的足迹，来到黄果树瀑布前，在同一地点留影。

当年，我很年轻；当年，恩师留影时，也还年轻。而今，恩师已退休，自称为"退休报人，不退休散文诗人"。恩师依然辛勤耕耘，像一朵飞溅的浪花，不停地奔腾。正是有这份执着，恩师先后出版了三十三本散文诗集、五本散文集、五本评论集。著作等身啊！去年，即使在疫情肆虐时，恩师依然坚持创作，每天写一篇文章。这种精神，令人敬佩，令人感动。

瀑布，飞流直下；恩师，则天天向上。

其实，在瀑布面前，不同的人，往往会演绎不同的人生……

状元村

秀水村，中国名副其实的状元村。"状元出富川，秀水育状元。"我相信这句话，因为县志记载，唐、宋、元、明、清五朝，在一百三十三名富川历代科举状元、进士名录中，秀水村占了二十七名。秀水，果然名不虚传。山水秀丽，风光旖旎，风景秀美，古迹遍地，文化深厚，底蕴深远。秀水，拥有岭南最美风光。秀水，拥有世界最佳人居环境。古代秀水，文明礼教，生机勃勃，学风蔚然，书院林立，学子众多，贤杰辈出。秀水史上有毛茵、毛永晋、毛安期三位神童，有毛焕、毛奎、毛亮等二十六位文、武进士，更有南宋乙丑科状元毛自知跻身"广西十大状元"之列。"廿六进士十京官，六帅三童一状元"，秀水的才子科举佳绩斐然。而今，考上清华大学、北京大学、厦门大学、同济大学等名校的高材生，层出不穷。史出贤豪，今涌群英。秀水，在中国文化的历史长河里，留下了浓墨重彩的一笔……秀水，中外闻名，源远流长。记住乡愁，记住秀水状元村！

梦中的绿草地

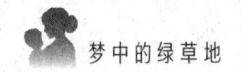

状元楼前

　　状元楼，位于富川秀水——一个充满文化气息的村庄。秋日某天，我与一群诗人结伴来探寻，其中就有爱笑的诗人微微。状元楼，不算高大的楼，吸引了众多诗人的目光。想象曾经的楼宇金碧辉煌，诗人的目光暖暖的，有几分像洒向大地的阳光。楼前有个池塘，开满荷花，诗人在荷花的面前，一样纯洁高雅。用目光与荷花对话，今夜，如诗如梦的月色，会给荷叶蒙上一块神秘的面纱。远处，一座威武的山，像一个卫士，立在状元楼之后，守护着这座楼。一文一武，于天地间是一种难得的默契。走进富川，在状元楼前，心中的憧憬和梦想被彻底唤醒。在此，想借爱笑的诗人微微的一句诗，表达一下心情："诗醒了，我值得一个人和美好共处。"

谁　说

　　谁说，诗人的内心是孤独的？此时此刻，在大自然面前，每个诗人都彻底放飞了心情。没有谁，故作深沉状；没有谁，愿意孤独前行；更没有谁，为平平仄仄的发音而去争辩……诗人，内心是虔诚的。偶尔看到画家，架起画板，描绘老屋的时候，诗人内心充满敬佩，欣赏画家作画，目光是专注的。因为，文化、艺术都是相通的。或许，在那一瞬，诗人做出决定：一定要为状元村，写一首诗，为国家级历史文化名村，奉献一首歌。于是，诗人思绪驰骋，放飞了心情，放飞了梦想。于是，清晨，诗人拿起了笔，从此相信，诗会插上一双翅膀，快乐地飞翔……

福溪村

　　人们的目光停留在福溪村。属富川县朝东镇管辖,是一个"脚踏两地,目眺双关"的边陲文化重地。仅仅这八个字,足以让人的内心掀起波澜。一路走来,脚下的石板路,通向潇贺古道,拥有这些的小村叫岔山村。古道与石街,还有被列入"全国重点文物保护单位"的瑶族风雨桥群。风雨桥,是一面文化旗帜,在秋风送爽的季节,走过风雨桥,人们内心感到欣慰与欢愉。穿过福溪村,人们感受到强大的文化气场,淳朴的民风,演绎当地人民坚毅向上的传说。墙上有留言:"我有酒,你有故事吗?"几分豪气,展现的是一种文化自信。福溪的村落景象,给潇贺古道带来多元的文化:优秀传统的文明,使福溪村一曲风歌传悠远,隔世犹唱不老歌。宋文明骨芳犹在,穿越沧桑观坎坷。福溪宋寨,古风犹存,福溪福溪,福在心中……

那年那月那天(组章)

那　年

　　年年岁岁花相似,岁岁年年人不同。

　　那年,在清澈见底的北仑河畔,在一个寒冷的冬天,你赤条条来到了人间。据说,是接生婆用力拧了一下你的耳朵,或许是刺疼了你的神经,你哭了一声。

　　那年,正是在清澈的北仑河边,你差点儿被河水淹没,在呛了几口水之后,你顿时感觉到生命的可贵,瞬间懂得"宁可欺山,不可欺水"的道理。

　　那年,为了减轻家里负担,你每周日步行十多公里上山砍柴,常常迎着朝

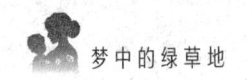

阳出发，到了日落西山才归。记得有一次下雨，家人叮嘱你不用去了，倔强的你，还是选择了风雨兼程。

谁料，到了山上，风雨交加，电闪雷鸣，你咬着牙，一步步坚持着，稍有不慎便会滚下万丈深渊。现在回忆当时的情景，还是感到胆战心惊。

那年，为了训练自己的胆量，你常常孤身一人走夜路，终于练就了过人的胆量。

那年，你还拜师学艺，不仅学棋琴书画，还夏练三伏，冬练三九，经过一番苦练，终于练就了一身武功。

那年，你记住了母亲的教诲，"黄金不比黑金贵""做人一定要善良和正直""山外有山，人外有人"。

那年，你就是这样，在岁月的长河里，在悠悠的生活中，慢慢地长大成人。

那　月

"花间一壶酒，独酌无相亲。举杯邀明月，对影成三人。"唐代诗人李白这首充满浪漫主义色彩的《月下独酌》令人陶醉！

对你来说，月，具有十分独特的意义。

那月，准确地说是12月，正是寒冷的季节。你，似乎没有准备好，便来到人间。

那月，或许是缺少营养，或许是你个人的原因，你到人间报到时，体重只有三斤，明显先天不足。

那月，慈祥的父亲坚定地说，先天不足，后天补。于是，懂点医学和营养学的父亲，变着法子为你补充营养，重塑生命。

那月，一棵幼苗，在父母身边享受着阳光雨露，一块瘦肉、一枚鸡蛋，都是补充营养的佳品。

上苍怜悯，父母的虔诚感动了老天。他们的三儿慢慢长大成人，丝毫没有受先天不足的影响。

虽然父亲被下放到"五七干校"，虽然母亲目不识丁，但是，你懂得感恩，懂得珍惜，懂得刻苦学习，来报答父母恩情。

那月，尽管条件艰苦，那月，尽管时光匆匆，你依然学会坚强，学会忍耐，学会勇敢，克服了许多意想不到的困难，终于，取得一个又一个好成绩。

学生时代,你便一直当班长。懂礼貌,讲文明,爱学习,爱文学,会武功,多才多艺。浑身上下充满正能量!

那月,你被师长们誉为一朵小小的向日葵,你的内心十分欣喜。因为,你的心向着阳光!

那 天

时光匆匆,瞬间到了 2000 年 10 月 9 日那天。

那天,你的手放在慈爱的父亲的心窝上,感受到父亲的最后一次心跳。

那天,父亲的不幸离世,是你一生中的疼。

这种疼,一旦进入秋天,就特别明显。

父亲是你最亲爱的人,可惜,父亲没能享受你的孝顺,没有正式到你的家居住过一天。想到这些,你泪如雨下。

父亲走了十九年,十九年,你就是这样忍着失父之痛!

十九年后的那天(时光停在 2019 年 7 月 30 日),一向身强体健的母亲也走了,你的泪水哦,成为天上的雨点。

在生命的长河里,追求生命的意义和价值,虽九死而不悔,或许,这便是人生的真谛。

而那年那月那天,每时每分每秒都要经历悲欢离合,有快乐有伤悲,有欢笑有泪水,日出日落,月圆月缺,这或许就是多姿多彩的人生!这便是生命的全部意义!

古道(外二章)

古 道

说起古道,或许人们会记起元代马致远的佳句:"枯藤老树昏鸦,小桥流水人家,古道西风瘦马。"或者还会记起清代方文的诗:"古道江云厚,愁心浦月迟。"

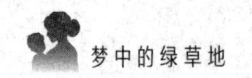

而今天，沿着先辈的脚步，我踏上寻根的路。这是一个秋高气爽的季节，受诗的指引，我有缘再次来到贺州。

当我走进这条名叫"潇贺"的古道，我顿时被古道震撼。古道位于湘桂之间，连潇水，顺贺江，下西江，达广州。据说是中国最早的海陆丝绸之路的对接通道。

古道的青石板，已被人们反复行走的脚步磨得闪闪发亮。

古道的沿途或流域，所覆盖的是绚丽灿烂的古老文化，犹如一脉脉纷繁复杂的经络之舟，承载着人类命运艰难向前。

沿着古道，我的目光坚定，一路向前。

古道边，有一个个别致的古村庄；古道边，有一个个供表演的戏台；古道边，有一棵棵在风雨中挺立百年的古树，更有一条清澈的小溪，它像一条碧玉带，义无反顾，陪伴着古道，缠缠绵绵，令人羡慕不已。

小溪，川流不息，古道，则连着人们心中的憧憬和纯洁的梦，坚韧不拔地伸向远方。

古　镇

古镇发祥于北宋开宝年间，兴建于明代万历年间，鼎盛于清代乾隆年间，被人们誉为"峰丛古镇，梦境黄姚"。

这是一个名副其实的中国历史文化名镇。石墙守护着四周，九宫八卦布局的建筑，环环相扣，街街相通。

这是一个名副其实的古镇。山多、水多、石多、桥多、亭多、庙多、匾多。有山便有水，山水相依；有水便有桥，心心相连；有桥便有亭，皆大欢喜；有亭必有联，相得益彰；有联则有匾，相映生辉！

这是一个具有革命传统的古镇。早在抗战时期，一大批仁人志士如千家驹、欧阳予倩、何香凝等从桂林迁移到此，开始工作，古镇的文化因此繁荣昌盛，轰动一时。

这又是一个有血脉的古镇。钱兴烈士及无数革命先驱，用生命和热血给古镇留下革命的种子，书写了一首可歌可泣的史诗。

有历史，有底蕴，有气质，有传奇。古镇，是古老的；古镇，又是年轻的。

古老的古镇，古香古色，吸引更多的人来寻根。

年轻的古镇，璀璨夺目，如潇贺古道上一颗闪亮的星星，点亮夜空。

古　树

古道旁，古村边，生长着一棵棵古树。

最年长的已经有八百八十岁，最年轻的也有上百岁。

古道热肠，古镇、古村、古树有缘。古镇的人们对古树是关心爱护的。

而古树，像一把把绿色的巨伞，庇护一方水土一方人。

有一句话说得好："十年树木，百年树人。"

培养一棵树不容易，而培养一个人更难。

人生不过百年，人懂得珍惜，懂得感恩。

因此，在古村边，一棵棵百年古树被人们保护了起来，古树被准确鉴定出年龄，编好号，挂上牌，得到了人们特别的保护。

从此，没有人再故意伤害古树。

古树，因此更加拼命，为人们遮风挡雨。

在古村，我看到一棵古树，生命之躯虽然已经弯了下来，但仍然不屈地扬起头，站立成为一道永恒的风景。

秋　千

美丽的海湾，洁白的沙滩，立着一个巨大的秋千。简单实用的秋千架，让人有上去飞翔的冲动。粗壮的秋千架，可以承载你飞向蓝色天空的美梦。

秋千的起源，可以追溯到几十万年前，在攀缘和奔跑中，先人们抓住粗壮的蔓生植物，依靠藤条摇荡摆动，上树或跨越沟涧，保证生存。后来在北方发展起来。于是，《艺文类聚》中就有"北方山戎，寒食日用秋千为戏"的记载。

面对浩瀚的大海，一对年轻的情侣，正在荡着秋千。背景是美的，那甜蜜的样子，仿佛让人看到他们之间互相鼓励的姿态，有了这样的姿态，从此岸飞

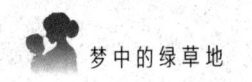

到彼岸不再是梦。

或许,稍稍用力,秋千就会荡起。或许,借助东风,秋千就会随诗起舞。因为,爱情的力量,无穷无尽。因为,爱情的秋千,定会与众不同。

荡起来吧,荡出欢乐,荡出欢笑,荡出思索!荡起无忧无虑的梦——巨大的秋千,甜蜜的情侣,构成了海边一道亮丽的人间风景线。

哦,让人陶醉的秋千……

舞 台

舞台,红瓦朱墙,立在广场之中。

舞台上,气氛是怎样的热烈?

舞台上,主角是如何的八面威风?

舞台下,人头攒动,只为一睹主角的风采。

哦,有舞台,自然就少不了表演,必然少不了这几个角色:生、旦、净、末、丑。

能够演生、旦或净都是好样的。毕竟生角、旦角均是重要角色。但是,即使演末或丑,也没什么大不了的。

人生如戏,戏如人生。有红花就必然会有绿叶,绿叶相衬红花;有主角就必然会有配角,配角烘托主角。

我,站在舞台下,内心充满敬佩,心中充满羡慕。

站在舞台前,我欲冲上去,体验一下,站在舞台中间,究竟是一种什么样的感觉!

此时此刻,我想对自己说,人生的确离不开舞台!人生,必须拥有属于自己的舞台……

状元村（五章）

状元村

状元，古代科举考试的第一名。

状元，是一种荣誉，一人得道，鸡犬升天；状元，是一种荫福，光宗耀祖；状元郎，头戴金花乌纱帽，身穿大红袍，证明"万般皆下品，唯有读书高"并非空穴来风。

状元、出状元的村庄是荣光的，宛如万丈光芒，照耀着十里八乡。

村庄，因为状元而精彩；状元，正是由于村庄而美名扬……

状元路

哲人说，世间本无路，走的人多了，便成了路。

状元村里，众人尤其是状元走过的路，便是状元路。

状元路，并不是轻而易举就走出来的；状元路，挥洒着状元的血和泪；状元路，有状元的欢乐与忧郁；状元路，记录着状元头悬梁锥刺股的艰难困苦。

世间本无路，走的人多了，便成了路。

状元村之路，状元，还有民众走多了，便成了状元路。

虽然，还有崎岖不平；虽然，还面临不少困苦。

但有了状元路，便有盼头；有了状元路，便有幸福和无限的憧憬，有梦想和祝福……

状元山

相隔十七年，我再次来到贺州，开始故地重游。

在秀水村，我看到一幢状元楼。状元楼后，有一座山，不知道叫什么山。

姑且称之为"状元山"吧。

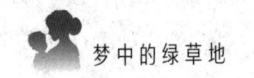

状元楼依偎着这座山，状元楼依靠着这座山。

俗话说，靠水吃水，靠山吃山。眼前，这幢状元楼，的确，靠着这座山，山与楼相靠，楼与山相依。

我实在想不出更好的名字，来也匆匆，去也匆匆，如果有缘，下回我再过来探究一下这山的前世今生……

状元马

高头大马，红鬃毛，八面威风，威风八面。

状元，骑上状元马，前呼后拥，旗鼓开路，气派非凡，气势如虹。

状元马，走在状元路上，路通达，路富裕；状元马，驰骋千里，穿越古镇，沿着古道，为状元路闯出一番天地，闯出才子佳人的美丽传说。

而今，在千年古道旁，依稀可以看到一匹古铜马，正痴痴地在等待心上人和天边那抹彩霞……

哦，状元马！

状元帽

自从戴上金花乌纱状元帽，状元，便顶起一角蓝天。

自从拥有金花乌纱状元帽，状元，心中便装着属于状元的理想，装着状元那五彩缤纷的梦……

从此，状元早生华发；

从此，状元羽扇纶巾；

从此，状元浑身上下，充满信心，拥有满满的一身精气神；

从此，状元，便可以美美地，装饰自己的梦！

二月二，龙抬头。

状元，虽不是龙，但状元，戴上状元帽，浑身上下，激情四射；

状元帽，属于状元；状元帽，属于状元独特的标志，那是状元的自豪！那是状元的骄傲！

宇宙诗人

贩卖酒的人开始瞄准诗坛。他放下酒坛，跨入诗坛。
或许，他知道，酒再香，也比不上诗人的名气香。
从此，诗坛多了一个浑身酒气的诗人。
他好像早已经忘记了那段凄楚的卖酒经历。
他为自己，贴上一个金色的标签：宇宙诗人。

诗评家

一个写诗多年的诗人，放弃了写诗。他，不甘心做路边的小草，不甘心做一个默默无闻的诗人。
写好诗评，超越诗人。须努力培养自己。
于是，诗人买了一套理论书籍，从美学到书法，从音乐到绘画。
从此，他学会了说套话、大话、漂亮话。
几经风雨，终于出师，他成了一个远近闻名的、了不起的"诗评家"。

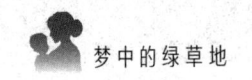

孺子牛（外二章）

孺子牛

孺子可教也，意思是这个小孩是可以教诲的。后来形容年轻人有出息，可以造就。

而孺子牛，则出自历史典故。

据《左传·哀公六年》记载，原意只是父母对子女过分疼爱。

后来，现代伟大的文学家鲁迅先生使其精神与内涵得到升华。

鲁迅先生在他那首著名的《自嘲》诗中写道："横眉冷对千夫指，俯首甘为孺子牛。"

从此，孺子牛的形象得到改变；

从此，孺子牛的精神得到升华；

从此，孺子牛的比喻得到拓展。

孺子牛，就是心甘情愿、甘于奉献、热心为民的仁人志士，平凡且伟大。

今年，是牛年，人人为我，我为人人；甘为孺子牛，争当孺子牛。

如此，平凡的世界里，又多了一道亮丽的风景线……

老黄牛

著名词作家宋青松老师，在他的一首歌词《我爱老黄牛》中写道："衣有着／食无忧""勤耕耘／甘俯首／我敬我爱老黄牛"。

青松老师道出人们对老黄牛所敬所爱的普遍心声。

老黄牛，是勤劳苦干的化身；

老黄牛，是忠于职守的典范；

老黄牛，是一面开拓的旗帜。

老黄牛的精神，包含着中华民族的伟大精神；

老黄牛的精神，彰显正义与善良；

老黄牛的精神，是无私奉献的化身；

老黄牛，崇尚开拓和创新，

老黄牛，弘扬实干与忠诚……

中国梦，需要老黄牛的精神；老黄牛的精神，助力中国梦的实现。

牛年，学习、争做老黄牛；

牛年，我们甘于默默耕耘；

牛年，人人努力，为伟大祖国，为伟大的母亲积极做贡献……

拓荒牛

拓荒，意思是开荒，亦比喻对一个从不知晓的领域进行开拓和探索。

拓荒，需要一种胆略；

拓荒，需要一种勇气；

拓荒，需要一种亮剑精神。

在拓荒的道路上，需要拓荒牛。

拓荒牛，吃苦耐劳，肯干实干；

拓荒牛，敢于闯，不空谈，重行动；

拓荒牛，是改革开放中，创业者的象征。

拓荒牛，粗犷雄伟，坚韧不拔；

拓荒牛，是刚毅与力量的象征；

拓荒牛，是吉祥和幸福的守护神……

当年，在我的第二故乡钦州，善良的人们众人拾柴火焰高，硬是一点一点捐赠钱物建设起今天的亿吨大港；

在特区深圳，拓荒牛的形象，也激荡着来自四面八方的创业人；

而在祖国大地，拓荒牛的精神，时时刻刻都鼓舞人们，奋力前行！

漫漫前路，唯有奋斗。

拓荒牛的精神，代表着中华民族的伟大精神：

力耕不息，奋勇向前，开拓进取，拓荒牛的精神，入脑入心；

脚踏实地，公而忘私，拼搏创新，拓荒牛的精神，彰显伟大民族的优秀美德。

牛年，我也想学做一头拓荒牛，在平凡的工作中，在日常的文学创作道路上，加倍努力，不待扬鞭自奋蹄……

梦中的绿草地

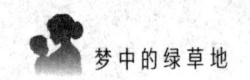

春运（外三章）

一位文友昨晚发朋友圈曰，大师说她近期会走大运，她问是财运还是桃花运，大师说是春运……

我被逗乐了。哈哈，春运。曾几何时，没有哪个游子没经历过春运。

随着春节脚步的临近。归心似箭，涌动的人潮，渴望的眼睛，恨不得，都插上翅膀，飞到父母的身边。

我曾经在一个小山村工作，临近春节想赶回家过年，没有车，我一咬牙，迈开双腿，踏破万水千山，一天走了七十公里，硬是走回父母身边。

那一刻，善良的父母，双眼已泪水涟涟，我，叫了一声爸妈，也红了双眼，完全忘记了旅途的艰辛。

或许，每个游子都曾像我这样，经历过这样的"春运"，为了早点享受与父母团聚的天伦之乐，而不顾旅途之艰辛，风雨兼程。

而今，春运，又一次启动。

虽然，今年尚有疫情，但在外漂泊的人们，还是按下归家键。伴着那首熟悉亲切的歌曲，踏着《常回家看看》的节奏，只为回到父母身边，哪怕只待一两天。

然后，当假期结束，又像飞翔的雄鹰，飞向高高的蓝天。

哦，令人魂牵梦绕的春运，时时刻刻牵动游子的心，祝福亲爱的朋友！祝福春运，好运……

春 联

南方，过节时，家家户户都爱贴春联。

春联，又叫"春贴"或"门对"。

春日祥和幸福年，彩灯高照平安门。

每年春节，家家户户都会贴上大红春联，增添不少喜庆气氛。文字简洁，对仗工整，抒发美好的愿景。

关于春联，的确大有学问。

据了解，春联兴起于宋代，盛行于明代，到清代日趋完善。而今，几乎成了一个好习俗。

有诗为证："喜气临门红色妍，家家户户贴春联。旧年辞别迎新岁，时序车轮总向前。"

今年，是牛年，牛气冲天，扭转乾坤，我正在构思家里的春联，希望将老黄牛、拓荒牛、孺子牛的三牛精神，贴到门口，激励我在牛年奋力前行！

春 卷

在南方，春卷是一道传统的美味小食。

因此，过年怎能没有春卷呢？

聪明的人们，轻轻地将思念做成薄薄的皮，将友情、亲情、祝福通通包进去。然后，抹上健康、幸福、快乐和美满的调料。

然后，一卷一炸，外黄里嫩，酥脆好吃。

咬上一口，令人难以忘怀。

自从有了这道堪称佳肴的小吃，从此，生活多姿多彩，令人久久回味。

春 粽

母亲包粽子，以往都是过年用的。

我，称之为"春粽"。

母亲的春粽，选料上乘，除了精选的糯米、猪肉、芝麻、绿豆，还有对子女无限的爱。母亲的春粽，香飘四方，色香味俱全，而且用炽烈的明火，煮上一天一夜，尝上一口，会陶醉一年。

没有文化的母亲说过一句很有哲理的话："糯米熟了，紧紧粘在一起，像一家人一样，团结就是力量。"我牢牢记住母亲的话，尊敬父母，爱护妻子和女儿。

只可惜，天意弄人，母亲因病已经到了另一个没有伤痛的世界。我常想，另一个世界里，是否会有像母亲包的香喷喷又可口的——春粽？

第三辑
佳作赏析

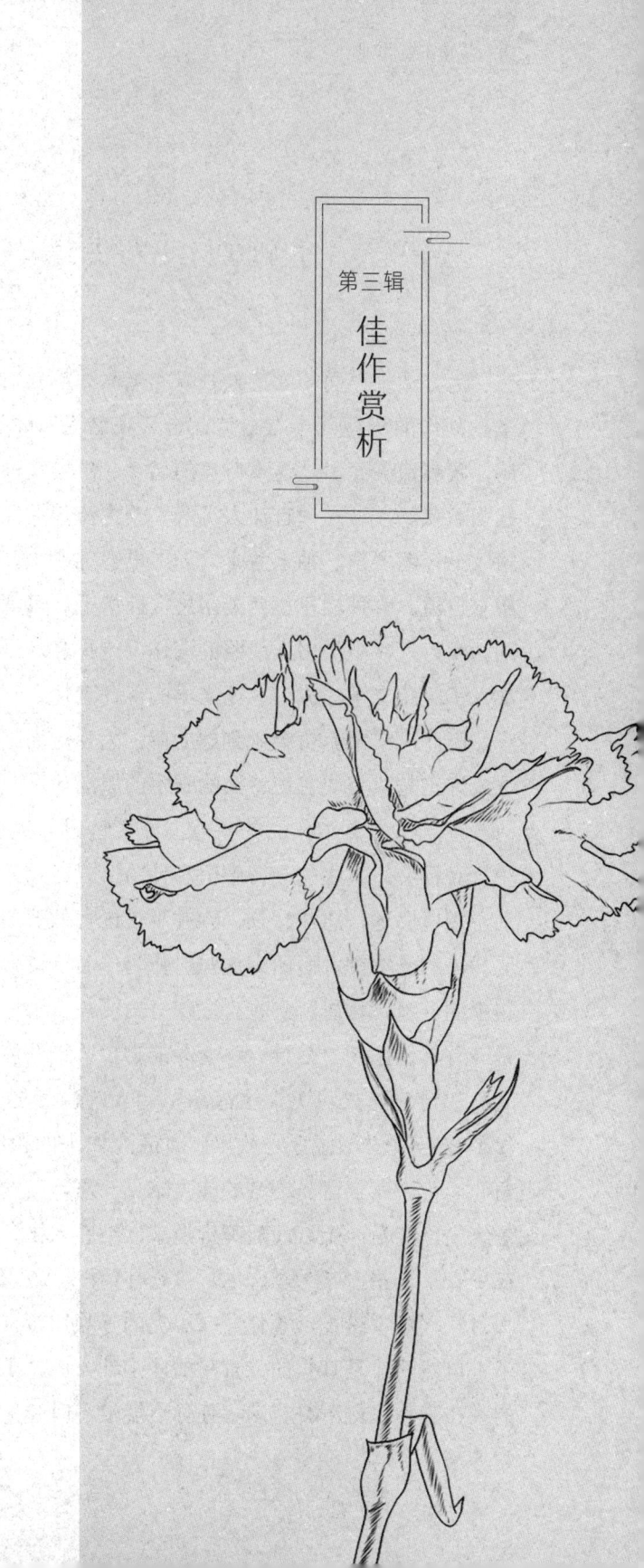

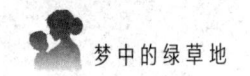

张帆《才下眉头又上心头》序

　　远方从未谋面的女诗人张帆（笔名荷影双双）发来她近几年在诗海荡漾、辛勤创作的一百九十八首诗，合诗集名为《才下眉头又上心头》，嘱我写篇序，我爽快应允了。这本诗集的名字，出自女词人李清照的《一剪梅·红藕香残玉簟秋》，这是一首让人沉醉、千古流芳的词。词这样写道："红藕香残玉簟秋。轻解罗裳，独上兰舟。云中谁寄锦书来？雁字回时，月满西楼。花自飘零水自流。一种相思，两处闲愁。此情无计可消除，才下眉头，却上心头。"同为女诗人，她借用李清照的词作为诗集名，绝对是恰到好处的。我两三年前加入了兰苑文学，成为兰苑文学的诗评老师之一，张帆也是兰苑文学的诗人之一，因此，常常有机会读到她的诗，因为诗而结缘，彼此都珍惜相识的缘分，这或许也是我爽快答应诗人的嘱咐的原因吧。

　　诗，作为文学作品的皇冠，许多特质与生俱来。诗更是诗人驰骋诗意天空，对社会、人生的独特感悟和体验，对诗句的精心构架，语言凝练，意象生动，意境悠远，意味深长，诗并不是语言的普通排列，而是诗人灵魂的摆渡，爱与美的升华等。而所有这些，作为一名女诗人，张帆已经努力做到了。从诗集中的开篇《相思》到收官之作《美丽与哀愁》，诗人奉献给读者诸君的诗都是一首首佳作。"是谁？踩着冬的脚步／细数流年风韵"。这种一下笔便直击人心的诗句随处可见，这显示了诗人的聪慧与机智。《念》的意境营造，仅仅是寥寥数语，便呼之欲出。"清凉如水的夜晚／凌风习习／月儿挂在了天角"，诗人驾驭诗与语言的能力略见一斑。《约定》巧妙借用"佛曰"表达心是红尘，亦是净土，而后娓娓道来，细腻入微，这恰恰是女诗人张帆的优势所在。有了这些，《冬季恋歌》《一往情深一玫瑰》《因了雪》《一个人的山河岁月》《落雪纷飞，等你》《心灵的呼唤》等，便是诗人张帆情感的自然流露了。自然的才是真实的，真挚的才是动人的，于是才有诗人充满浪漫主义色彩的《在眼眸里刻下誓言》《任你点燃浪漫时光》《只为心动》，才有让人惊喜的《雨滴里的惊喜》《给夏天一个清凉的微笑》《月光下，那条小河》《山边那朵云》《恋那片乡土》，更有充满传奇色彩的《爱穿过时空》《蝶》和以"爱情石"名义写的诗《爱情石》，诗很唯美大气，有一种缱绻之美，"一曲梁祝化蝶／唯美千年的缱绻／植于每个人心中最美诗篇"。还有诗人以物自喻的《帆》，也深情道出自己的心声，"我只是一只帆／没有人知道我有多孤单"。是的，诗人注定是孤单寂寞的，但是诗人不忘初心，当他们选择向文学的皇冠前行时，那种追求向顶峰迈进的脚步注定是艰难的。艰难困苦，玉汝于成。我注意到诗集中的一首情诗《前世今生》，这是诗人献给比她年长的先生的，"我想象不出任何理由来诠释今生的感情／许是临别时喝了一碗孟婆汤／醉了前世又醉了今生"。洋洋洒洒，情真意切，感人至深！

　　生与死、爱与恨是文学作品永恒的主题，诗也不例外，作为一名女诗人，她在诗中对情感的把握是细腻入微、真挚动人的！因此，才能更好地引起读者的共鸣。当然，这毕竟是诗人的第一本诗集，或多或少存在一些不足，诸如个别诗题有点直白，个别诗句语言不够凝练，但是，相信诗人在今后的创作中，只要稍加注意，便可以克服。期待诗人更多佳作问世，遥祝诗人创作丰收，不断进步。是为序。

程全明《我的母亲》序

　　远方从未谋面的诗人程全明嘱我为他的新诗集《我的母亲》写几句话，我十分爽快地答应了。

　　就在此时，我拜读了诗人的一首爱情诗《七夕随想》，"天涯苦旅／何处能够／能够存放／存放天下有情人与日俱增的殷殷思念／／时间苦短／何时能够／能够找回／找回天下有情人两小无猜的悠悠岁月／／红尘苦累／何心能够／能够体会／体会天下有情人怜香惜玉的涩涩酸楚／／鹊桥苦思／何人能够／能够焊接／焊接天下有情人随时相拥的遥遥无期"。全诗分为四段，每段四行诗，整首诗巧妙地将"何处""何时""何心""何人"串联起来，诗情十足，激情十足，爱情十足。说真的，当时我被诗人击中了内心最柔软的部分，或者说是被电到了。于是我在诗歌后面点赞、留言，作为对诗人一种默默的支持。我写道："情真意切，一句句一行行，如泣如诉，催人泪下！生命中如果缺少爱情或许会遗憾！诗人的诗歌如果从来不抒写爱情，或许这个诗人早已关闭了心灵的门窗。今天全明兄一首爱情诗让我们看到诗人一颗赤诚的心。无论是对亲情、爱情、故乡情，我相信诗人都是大爱，满满的爱！满满的正能量！"这段内心真实的想法，实则也表达了我对诗人的敬仰。从此以后，只要有空，我便拿出诗人的诗集《我的母亲》进行拜读，一次一次与诗人在诗中攀谈，一起或喜或悲，或忧或虑。

终于，今天清晨我要正式为这位才华横溢的诗人写上几句话。诗集共有一百二十九首诗，分为亲情篇（共三十首）、爱情篇（共三十三首）、乡情篇（共三十首）、友情篇（共三十六首）。亲情浓浓，爱情炽烈，乡情淳朴，友情真挚。这是我对诗集四个篇章的总体评判。其中令我多次泪流满面的是亲情篇，那是一个儿子对父母发自内心的真情告白，对慈爱母亲深深的敬爱，对严厉父亲深深的惭愧，对逝去亲人的追思之情，那样一步步一声声如歌似泣，声声击中人的心房，引人共鸣。那首作为诗集名的《我的母亲》，是全部诗中最长的一首诗。人间有一种最令人感动的爱就是母爱。在该诗中，诗人将对母亲的大爱表达得淋漓尽致，从母亲作为一朵含苞花入手，写到在贫困日子里母亲的默默奉献，含苞花悄然绽放，散发出淡淡的馨香，袅袅炊烟，放飞了庄稼人的梦想，年复一年，辛勤劳作，生儿育女，相夫教子，无怨无悔，将一丝丝阳光、一缕缕月色，在儿女的衣缝里吐露芬芳，自己却心甘情愿地化为一棵风干的枯草。就是这样一位平凡而又伟大的母亲，欣然站上你深爱着的黄土高坡，日里夜里风里雨里向儿女频频招手，殷殷传祥。读到这里，相信读者诸君会和我一样被这位慈祥善良的母亲深深打动。古有"慈母手中线，游子身上衣。临行密密缝，意恐迟迟归"的佳句，今有全明兄《我的母亲》闪动人性光辉的华章。可喜可贺，可敬可佩！在这个篇章中，诗人还浓墨重彩地描写了父亲。而且巧妙地将父亲、母亲有机地结合在一起，写罢母亲写父亲，写了父亲写母亲，让两位老人家在诗歌的世界里永远在一起。更深一层的是《太阳是父亲的父亲》，将父亲与太阳写得形象生动，栩栩如生。母亲的眼神，不仅刺痛了诗人，也刺痛了我，或许也会引起读者诸君的强烈共鸣。《向父亲忏悔》吐露一个儿子的坦诚。父母的养育之恩就是三天三夜也诉说不完。写了父母，诗人亦深情地写了自己的家。家是殷殷的守望，山高路远不能阻挡，春也传情，冬也送暖，梦想就会发芽。比喻贴切，温馨感人。字里行间，充满感情的《我想给你打个电话》，描写的是诗人欲给去世的父亲打电话的故事，父亲离去后，阴阳两隔，因为思念，诗人情不自禁要给去世的父亲打电话，"万语千言汇成一句话／你深爱着的黄土地改变了模样／你情牵着的土豆花汇成了海洋／咱封闭的山沟沟迎来了游客"。诗人满怀自豪地向远在另一个世界的父亲报喜，让父亲放心、安心。这也是诗人所有篇章中最出彩的一章（首）。

诗人的爱情篇也是篇篇精彩。无论以物寄情、以景抒情，还是寓情于景、借景抒怀，诗人始终做到对爱情真挚真诚。出彩的诗歌除《七夕随想》之外，还有《月亮》《玫瑰》《月》《雪》《春雪》《雨中情》《云》《夏天的柳》等，这些诗歌意象鲜活、灵动，语言凝练，富有张力。比如这首《云》："洁白的你／飘逸在高远的蓝天／仰高山流水／揽风花雪月／磨砺着翅膀飞向远方"。诗人将云人格诗化，充满灵动。"灵动的你／盘旋在高雅的蓝天／乘万道金光／饮月色银光／洁白着的心牵挂人间"。诗人的豪情借云喷薄而出，意味深长，立意高远。这些都是十分难能可贵的。在关于乡情的篇什中，诗人寄情山水，写了家乡的一草一木，一山一水，乃至一物一花等，通过诗展示了家乡的变化和诗人的乡土情怀，非常接地气，令人振奋，给人启迪！就连市民眼里廉价的草帽一旦入了诗人的诗（《草帽》），也变得非常美好。"你才是／美丽的，珍贵的／时尚的，亲切的／遮阳送爽的"。令人敬佩。诗人的诗还独具童心童趣，更是难能可贵。《童年里的四季》："童年里的春天／是单调的，也是充满希望的／麻根根，绿叶叶，柳米米，榆钱钱／是童年的绿色食品"。童趣童心亦然。在经历人间无数风风雨雨之后，诗人不忘初心，依然能拥有一颗童心，真诚地注视这个多彩的世界、多彩的人生。这对诗人写诗应该算是宝贝。

人于世间，介于亲情与爱情之间的是友情，友情支持人的每一次进步，慰藉每一次受苦，诗人注重友情，洋洋洒洒三十六首诗就说明了一切。《远方的你》写得最真挚动人。"远方的你／昨夜寒风又起／我在回家的路上／仿佛看见了你／你踽踽独行／单薄的衣裳模糊了我的视线／远方的你／那个熟悉的背影是不是你／你为什么要走出我的视线／远方的你／我们何时／何时能够／能

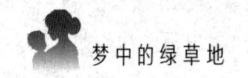

够共叙儿时的光阴／能够共赏故乡的明月"。首首精彩，句句出彩。一个有孝心、能够倾诉对父母的爱的诗人是值得敬佩的诗人；一个懂感恩、重友情，能够念念不忘儿时光阴、共赏月明的诗人是值得尊重的诗人；一个拥有童趣童心、能够用纯真的心深情注视脚下的土地、蔚蓝天空的诗人是值得学习且爱戴的诗人，而所有这些被我远方这位兄台——诗人程全明独享。这也是我不顾自己水平有限也要为诗人写上几句话的原因。最后弟于远方奉上深深的祝福！是为序。

《兰苑文学最美爱情诗》序

春天来了，不仅带来了阳光、春风、春雨，还带来了生命和爱情。爱情，从盘古开天地，就是一个浪漫且强大的磁场，吸引着一颗颗少男少女多情的心；而浪漫的、多愁善感的诗人则以物喻人，人格诗化，或者直抒胸臆，抒写出一首首、一行行撼天动地的爱情诗。这些唯美大气的爱情诗受到人们欢迎。因为，这些优雅的爱情诗，不仅是炽热的情诗，更是诗人们用心中向往的彩笔抒发的美好情感，不仅可以美化读者诸君的心灵，还能给读者诸君带来美的享受和生活的启迪。

兰苑文学主编、诗人兰小兰曾经在兰苑文学做过一次爱情诗展播，每天展播一首爱情诗，同时由爱情石写诗评，受到诸多专家老师和读者诸君的称赞，好评如潮，反响热烈！正是为了更好满足读者诸君对美好享受的需求，今天由兰苑文学主编、诗人兰小兰主编，兰苑文学一批实力诗人共同创作的《兰苑文学最美爱情诗集》于这个春天隆重推出。这是兰苑文学原创文学群诗人们，继去年推出合集《站着是一棵树》之后的第二本合集，收录了主编、诗人兰小兰等若干名诗人的若干首诗。这体现了兰苑文学诗人甘于奉献、辛勤耕耘的精神！新年红红火火，爱情也是火红热烈的。

当爱情石在书写以上文字时，恰恰遇见了一场带着几分神秘，带着几分希望，或许还带着爱情的春雨。爱情石因此写道，能够遇见春雨是幸福惬意的，既然春天来了，遇见春雨，就是自然而然的事情。能遇见就是天意，未曾遇见也不要焦急，该来的总会来，该去的总会去，一切顺其自然。就像生命与爱情，也不要强求，命里有时终须有，命里无时莫强求。或者也和诗人笔下的爱情诗一样，诗，记录着诗人内心最柔软的秘密，记录着诗人在爱情海洋里的酸甜苦辣，诗人的诗出彩，使爱情石有缘记下了诗人兰小兰的《小铜人》、紫秋的《无字的书》、云峰人的《云峰的故事》、蓝晨的《天地合一》、杨靖的《缠绵的雪》、信游春秋的《你就是我的春天》、季俊群的《暗香，点燃了梦》、贺登年的《一个人的行程》、会相思的红酒的《等一场雨》、谢彩虹的《雨水淋湿了我的翅膀》、荷影双双的《愿做一朵莲花》、梨花的《相逢是首歌》等，不胜枚举！在兰小兰的诗中，小铜人穿越千年，历经磨难，失散千年后与心上人重逢，此情此景令人震撼，寄托诗人的美好情愫，读后被诗人的坦诚深深感动！紫秋则在日里夜里在每一次心跳中读你，人生有这样的红颜知己、痴心爱人，足矣！云峰人巧妙地将云和峰连在一起，云如雪一样白，峰如剑一样险，不离不弃，相伴相依。冲着这份美好，爱情石也想去看一看哦！蓝晨的天是地，地也是天，天地合一，终生相依，也是感天动地的诗。杨靖抓住纯洁美好的雪，写得缠缠绵绵，十分难得。信游春秋，诗名中有个"春"，"你"也是"我"的春，耐人寻味。季俊群用暗香点燃相思的梦。贺登年为了爱情，不惜开始一个人的行程（作品《一个人的行程》）。会相思的红酒终于等来了一场春雨。诗人梨花触景生情，有感而发，创作《相逢是首歌》！一切都是那么自然而然，随着希望的春天到来。好像这场春雨，"好雨知时节，当春乃发生"！祝贺祝福诗人，爱情甜蜜！生活幸福！是为序。

《永远的白海豚》浅赏

钦州作家吴世林为了创作《永远的白海豚》，历时数年，废寝忘食，花费了不少的心血，得到读者普遍好评。《永远的白海豚》主题鲜明，体现了"生态"这个大主题以及人与自然和谐共生的理念。构思精巧。约十五万字，开局有小引，结束有后记，中间一至八章，加上一个尾篇。从"初识"到"奇遇"，再从"寻找"到"研究"，然后提升到"保护"。环环相扣，精彩纷呈。形象丰富。作者笔下的白海豚是一条主线，细心的读者发现，其实作家用浓墨重彩描述一个至关重要的人物，那就是北京大学潘文石教授，有了对潘教授及诸多关心关爱白海豚的人物，整个报告文学的人物有血有肉，为文章增添不少光彩。故事多彩。作者多年来从事新闻报道和小说创作，作者将此优势在文章中表现得淋漓尽致。富有人性的白海豚救律师夫人的故事，使白海豚赢得人们的普遍敬佩。文章充满趣味性和可读性。描述真实。既体现真实、朴素，又有理性思考和启迪。作者笔下的人物用自身的行动来倡导"大工业与白海豚同在"，来践行"绿水青山也是金山银山"的理念，虽然平凡、普通，但富有意义。

读蔡旭散文诗集《保持微笑》

近期有一首歌非常火，其中有一句歌词："你笑起来真好看"。即使在寒冷的冬季，听到这首歌，你的心中也是暖洋洋的。

在人的各种表情中，微笑是最美的，也是一种善意的表达。中国著名散文诗人蔡旭老师，将笔伸向微笑，角度是独特的。蔡旭老师多年以来辛勤耕耘，他平静地描述，不动声色地抒情，加上平凡中见新奇的议论，总能带给人们一种美的艺术享受和哲理启迪，总是给人发现的喜悦和一种久久回味，这是十分难能可贵的。

蔡旭老师自喻为一个"退休报人，不退休散文诗人"，他这本散文诗集，绝对称得上"心向阳光，保持微笑"，心有阳光，脸上才有微笑，这是一种真挚情感的自然流露。只有心中充满正能量、心中充满阳光的诗人，才能始终保持一种良好的生活态度和一种积极向上的人生态度，才能保证内心的定力，保持微笑。

《保持微笑》收录了诗人近年来的散文诗共一百二十多首，一半为远处的风景，另一半则是近处的生活。全书共分四辑，分别是"眼中山水""雷州半岛""纷纭世事""我心荡漾"。诗人眼中的山水都是美丽多彩的，据了解，诗人是一个喜欢游览大好河山的旅行者，只要有机会旅行，诗人定会把风景秀美的山水用他多彩的笔记录下来，成为诗人心中一首首优美的散文诗。令人敬佩的是许多看似平凡的风景，经过诗人独具匠心的提炼升华，寓情于景，借景抒情，或者是触景生情的思考与感悟，变为充满哲理与启迪的佳作。

在散文诗集中不乏充满正能量的佳作，如记录着"乡愁"的《老妈宫戏台》，述说文物历史、灾难与智慧并存的《廊柱上的铁环》，带有几分神秘感的《神秘果》，将人格诗化的《夫妻树》，语言诙谐幽默的《雷州也有"兵马俑"》，以及有着历史厚重感的《千年古官道》等。

作品具有散文美的特点。诗人是用心创作这本散文诗集《保持微笑》的。引用蔡旭老师的原话："无论是近处或远方，无论是精彩或无奈，我的观察与思索都出自同一个眼光、同一种心态，来自我待人处世的态度。"用一句话来说，就是"面对生活，保持微笑。生活在继续，写作在继续，我的微笑也在继续"。诗人说得太好了，带着这种态度，蔡旭老师一定会创作出更多精彩的作品。

"今天，你微笑了吗？"拜读蔡旭老师的书之后，我们不妨问一下自己。学会礼貌，学会微笑，保持微笑，心向阳光，就不会担心心与心之间有隔阂，不会畏惧冬天的寒冷。

读庞白散文诗集《唯有山川可以告诉》

当一个诗人决心把笔触伸向他所热爱的大美河山、一草一木，我敢说，这个诗人已经开始走向艺术的高峰，他的心态是成熟且淡然的。所谓，"淡泊明志，宁静致远"，或许就是这样。

据诗人庞白老师说："写一本行走广西的散文诗，起念于一次去西山途中。"广西桂平西山并不高，但是风景秀丽、如梦如幻且充满神秘感。我想，

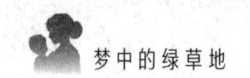

它能打动诗人，理由肯定充足。于是，带着一种坚定的信念，诗人庞白在领略了山川大地的巨大魅力之余，几经艰难探索，风雨兼程，终于完成了这本文笔优雅、立意新颖、意境深远的散文诗集《唯有山川可以告诉》。

这本散文诗集共有四辑，分别为：第一辑"两片云在山顶偶遇"，第二辑"随便一块石头都是家"，第三辑"海是山故乡"，第四辑"遇见松鼠的下午"，共计一百三十六首。其中以五首为一组的有《凌云》《云上的日子》，有一个大的组诗《向南，触摸大海》，其中有《海·听》《海·岛》《海·风》《海·林》共二十四首。这些散文诗洋洋洒洒，一环接一环，丝丝入扣，这或许得益于诗人长期在海边生活，令人十分敬佩。

可以说，庞白老师这本散文诗集唯美大气，不仅语言优雅，且富于张力，不仅具有诗之美，还带有散文的韵味，每一首给人的感受都是美的。读诗人的每一首散文诗，就好像跟着诗人的脚步游览祖国的大美河山，无论是《瞬间·元宝山》《花山·壁画》《南湖边，柳树下》，还是《星岛湖·千岛湖》《湘山寺，遥想石涛》《北部湾广场》《残荷插上青秀山》《路过田东》《相遇九曲巷》等，从这些散文诗中都能收获美的享受和启迪。这些都是难能可贵的。

人们都知道，广西很有名的山叫"十万大山"。在诗人的笔下，《大山十万，经过人间》，诗人用拟人和比喻手法，人格诗化，写得气势如虹，这首散文诗，笔者十分喜欢。"一千年，一万年，十万座山，化为十万头大象。""大山之外，哪一朵云，经过人间，将要潜入海底？大山之上，哪一朵云，深入石头，不断传递人间消息？"文字工整对仗，诗思驰骋，令人振奋；语言夸张，却不失真实，意境深远，又恰到好处。这些都显示出诗人的聪慧与机智。

我的家乡是东兴，我从小就是在北仑河边长大的。所以，在诗人庞白老师的散文诗集中拜读到《北仑河的冬至》，一下觉得十分亲切，诗中写道："说来就来了，冬至。今年冬至，一个人站在界河边，往西望去。河对岸，近乎空白。"寥寥数语，便勾勒出一幅美画，活现活灵，一下抓住读者的心，这就是诗人的高明之处。

集子里还有一首散文诗《弥漫》，我也十分喜欢，著名散文诗人耿林莽老师给予了高度评价，称庞白老师的散文诗写得十分轻松、恬淡，仿佛漫不经心，却又异常精练。以这首《弥漫》为例，诗人写天上的云，云的升起或幻灭，既"瞬间即逝"，又"率性而为"，诗人捕捉的正是云的一种精神。耿林莽老师的点评十分精彩。

我作为一个喜欢庞白老师散文诗的读者，从中欣赏、学习到这本散文诗集中许多精华的东西。期待再拜读到庞白老师的更多佳作，于远方祝贺祝福庞白老师。

读李钢源诗集《心扉》

我国著名诗人艾青在他的诗《我爱这土地》中写道："为什么我的眼里常含泪水？／因为我对这土地爱得深沉……"今天笔者借诗人艾青这两句诗来引出诗人李钢源先生这本诗集《心扉》，应是恰如其分。

多年以来，诗人怀着对祖国母亲，怀着对党、对人民，怀着对脚下这片土地深沉的爱，写下了一首首热烈滚烫的诗，出版了《心泉》《股恋》《心扉》等诗集，他敞开心扉，诗情如泉水喷涌，这一切，都是因为爱。

因为爱，他的诗才如此深沉。

今年是建党百年。诗人敏锐地抓住这一契机，热烈地写下了《心扉》的第一辑"百年颂歌"。读《奇迹与传奇》一诗，构思精妙，诗思驰骋，情感饱满，全面讴歌了党的百年光辉历史，是一首纪念建党百年的力作。在《阅读天安门广场》一诗中，"一本方形而厚重的书／安放在中国最醒目的地方"。寥寥数语，勾勒出一幅宏大的画面，形象生动的比喻，一下抓住了读者的心弦。诗人从"天安门城楼，位于你的扉页"，写到"人民英雄纪念碑／一支凝重的书签"，再写到"人民大会堂／汇集你精妙而雄伟的构思"，还写到"长安街／一条绵长的装订线"等，脉络清楚，条理分明，最后的升华更是充满爱，"谁说我们和你相隔千万里／那根无形的边境线／紧紧连着祖国的心脏／每时每刻，随时随地／我们与祖国同频共振／快乐着祖国的快乐／忧伤着祖国的忧伤／向往着祖国的向往／希望着祖国的希望"。字斟句酌，令人回味无穷。

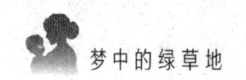

第二辑"抗疫诗篇"中有不少体现诗人文化担当的作品。例如《春天总会如期而至》这首诗，充满阳光和正能量，激发人们抗疫的信心。"不管寒流多么汹涌／中国依旧淡定从容／不管阴云如何密布／中国的天空定会再现绚丽的彩虹"。将"没有一个冬天不能逾越，没有一个春天不会来临"的豪迈演绎得淋漓尽致，令人振奋。

作为在金融战线上战斗多年的诗人，写起自己熟悉的领域更是得心应手。诗人在第三辑"金融风采"中将"四大员"（守库员、管库员、查库员、押运员）写得活灵活现，有血有肉，栩栩如生。除此之外，诗人还写了豪情满怀、振奋人心的长诗《祖国，我们是忠诚的国库人》，"每一行，每个字／都融入祖国的信任／赋予人民的重托""每一款，每个词／都充满国库人的深情"。这铿锵之词便来自热爱，来自诗人崇高的使命与永远的初心。

第四辑"故乡情怀"中，《母亲的布鞋》《孩子》深深印刻着诗人的故乡情结，以及诗人对爱的表达。在《孩子》这组诗里，从"孕"到"听"，从孩子的出生、哺乳到孩子的哭与笑，种种成长，诗人都在用心记录，用爱表达，将一个父亲的责任与担当、细腻与大爱展现得淋漓尽致。

最后一辑"山水咏叹"的《友谊关》中，友谊关雄伟屹立，"千年关门／每一次开启和关闭／都演绎不同的历史"。《花山壁画》被诗人形容为"民族的履历表"，形象生动。在《观德天瀑布》中，诗人则敏锐地发现"还有残存的弹孔／将历史穿透在如画的意境里呢"。功夫在诗外，通过这一首首诗作，无疑可以体会到诗人观察力的不一般。

诗人用心创作，以爱凝神，将种种情怀融于《心扉》之中，诚待诸君品读。

《印象钦州》读后

《印象钦州》是诗人海马（黄允旗）新出版的一本旅游诗话。这本诗话无疑花了诗人海马先生不少心血。正如海马先生在序言中所说的那样："融理性益智、健身修心、感性怡情于一体。"笔者因此想，这些或许便是海马先生写这本《印象钦州》的初心。

作为洋洋十四万字的《印象钦州》，诗人将八十九个景点都写入他的诗，然后在每一首诗后，用优雅的文字做了详尽的诠释。难能可贵的是，书中还配有不少实景图，真正做到图文并茂，诗中有画，画中有诗。在诗文"千年古城"中，插入了"钦州老街"的照片，这首《且行且珍惜》，便显得十分贴切。"盘古开天仍为天／彪炳千古终作古／一堵残墙，可以截屏百越故事／一块泥巴，可以激活安州脉血"。诗人的诗对仗工整，颇有几分古诗词的功力。诗后附有详尽的解说词，"钦州，先秦时属百越"。将钦州的历史做了细致的诠释，无疑是诗人这本书中一个有益的探索，这是令人感到欣慰的。在诗文"英雄故里"中，诗人将"刘二（刘永福）打番鬼"写成了诗，"横刀立马斩毛贼／纸桥大捷黑旗威／赴台抗倭拒大印／中华青史永留名"。诗后用文字详尽介绍了刘永福英勇的一生，令人感动。接着在《冯公镇南关》一诗中，诗人豪迈地写道："抬棺出征猛杀敌，老将巨手擎南天。"然后，又在诗后详尽介绍了民族英雄冯子材英勇善战的一生。令人读后大呼过瘾！

在这本书中，充满诗情画意的诗有《蓝色家园·钦州湾》，诗中写道："不是梦，是传奇／一只翠鸟低飞／家门口栖居"。充满哲理启迪的《海水》中有诗句"其实人普通如水／甚至一滴也不如"，令人振奋的《亿吨大港·钦州港》之"鱼跃金湾"中写得气势磅礴，"一种魅力四射的深度／一种震撼人心的凝重"。诗人笔下的《保税港》，则用"香车达人"表达，寥寥数语便准确勾勒出一幅美图。而对《世界名陶·坭兴陶》，诗中的"坭兴陶写意"既诗意盎然，又客观真实，由诗人亲自拍摄的坭兴陶吉祥物"神鸟"为诗文增添了不少光彩。诗歌《向海化蝶》充满浪漫色彩，将"滨海新城"这座"江水萦绕，出门见湖，推窗见海，低碳环保，宜商宜居"的魅力之城、生态之城、动感之城、幸福之城，演绎得淋漓尽致。

知识就是力量，这个城市的文化文明永远都是一种蕴含。于是，诗人将笔触对准了北部湾经济区人才精神高地——北部湾大学，诗人的寄语，情真意切。

在诗人的书中，无论是描述城市中梦圆广场的《如来如愿》还是有着美丽传说的钦州湾广场，无论是《家门口的宝岛风情》还是描写三娘湾的《海豚家园》，无论是书写乡村中的那雾山、八寨沟，还是大海里的海狗石、天涯石等，诗人无不倾注了自己内心的真情实感，使得全书中的诗首首精彩，字字动

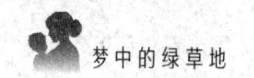

人。既有深度又有广度和厚度，既有较高的欣赏价值，又具有诗的深长意味，是诗人对宣传本土文化的一部用心之作。期待诗人更多更好的佳作。

读邱桂丽散文集《落雪无声》

　　一个作者的作品对故乡、对亲人、对朋友融入真情实感，倾诉无言的爱，其作品自然而然就会打动人，能引发读者情感上的强烈共鸣。在寒冷的冬日，笔者有缘拜读了广西壮族自治区钦州市本土作家邱桂丽的著作《落雪无声》，读着这本充满人间真情的散文集，笔者心中的感觉是暖暖的。此时此刻，笔者最想说的便是八个字：大爱无言，落雪无声。

　　据悉，这是作者的第一本著作，这本十五万字的散文集，共分为三辑，包括"岁月之声""血脉之情""驻村之感"。散文集中浓浓的爱深深地打动了笔者，表现了作者对家乡、对亲人、对朋友的真挚情感。让人在不知不觉中跟着她的文字，感受她的泪水与欢笑、快乐与忧伤。笔者认为，作家邱桂丽在创作时，一定是用心用情的。她的散文立意深远，具备散文形散而神不散、语言清新优雅等特点，文笔有女性温柔细腻的特质。

　　在"岁月之声"中，作者将黑土地的年，写得红红火火、有声有色。文中寥寥数语，就能勾勒出北方过年的火红画面，令人心生向往。而在《走在岁月的狭缝里》一文中，笔者欣喜地读到一段充满哲理的文字："日子，是被岁月打磨的碎片，如果不珍视，将永远把灵魂丢失……在体验中不断感知世界，历练自己，同时更要学会感恩。"或许，正是作者对人生、对生命的自然感悟，让作者对生命心存感激。作者还有几篇充满浪漫主义色彩的散文，如《相拥，思念满怀》《千年之约》《温暖，是女人灵魂栖息的家园》等。

　　血浓于水，血脉相连。在本书的第二辑散文中，《黑色的7.13》描写了作者失去亲人的撕心裂肺的疼，令笔者感同身受，笔者也经历过这种痛苦，读完此书，笔者不禁泪流满面。世界上还有什么比失去自己的亲人更心痛的啊！因此，作家的《穿过黑色的日子》《饼香等您》，都直击笔者心底最柔软的地方,令笔者泪目。笔者二十年前痛失父亲,母亲去世也有一年多了,尽管历经二十年岁月,仍然无法抹平心中的伤痕。因此,笔者特别理解作者的心情。在这一辑作者还写了《姐姐出嫁时》,将姐妹深情描绘得十分生动。总体而言,"血脉之情"对作者的成长和创作的影响是巨大的。

最后一辑"驻村之感"是丰富多彩的,真实记录了作者从2014年4月至2016年5月担任村第一书记的驻村生活,这段时光对作者来说,既是历练又是积累。正如作者所述:"两年来我认识到,在人生旅途中,有一种历练叫驻村工作,它对我是一次心智的磨炼,是一次岁月的沉淀,更是一次灵魂的飞渡。"

读成伟光作品集《红月亮》

内容简介

文学作品集《红月亮》是作家成伟光先生的第三本文学专著,多才多艺的成伟光先生是一个勤于思考、勤于摸索、辛勤耕耘的学者型的领导。他的这本作品集内容丰富多彩,有古体诗、现代诗、散文、杂感,还有缅怀亲人的祭文,显示出作家的聪慧、机智和不凡的写作功力,是一本诗文俱佳的精彩之作。引用作家的话来形容这部作品,是"诗眼"撞进怀,"诗泉"喷出来,因此,得到北京大学中文系教授、博士生导师程郁缀老师的好评,程教授欣然为《红月亮》作序,笔者以为这是一部用眼睛观察、用心灵体验的优秀作品集。

推荐理由

正如程教授在序言中所述,取书名为《红月亮》,一是新颖别致,读音浏亮;二是容易给人以美的联想、诗意的联想、丰富多彩的联想。

作家伟光先生这部书,古体诗凝聚精练,功力不凡;现代诗诗思驰骋,意境悠远;散文文字优雅,构思精巧,娓娓道来;杂感源自生活又高于生活,不乏真知灼见,心灵之光更是闪耀着作家的思考精神和哲理。最后是寄给去世亲人的信,专为父母而作,真挚的情感,令人泪奔,足以引起读者情感上的强烈

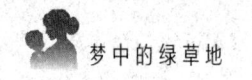

共鸣。

谦虚的作家深情地写道:"倘若读者朋友能从《红月亮》中读出一点儿感悟,偶得一点儿启发,也不枉笔者三十多年孜孜矻矻追求国学兴盛的梦想。"

我正是被伟光先生这种执着的追求深深打动。

精彩书摘

1. 红日升腾雅丹上,胡杨不朽三千年。

2. 仰望着红月亮／有许许多多的遐想／深海藏蛟龙／气势恢宏的天坑／是否与大海相通／布柳河分明是龙的化身／要不怎会有禅机灵动!

3. 你用生命诠释了——／蓝天下排排挺拔的白杨／标注出共产党人伟岸的形象／河流绕群山奔腾的轨迹／大地留下你不朽的梦想／标河呀,标河／你为穷人而生／你为打赢脱贫攻坚战而死／广西1000多万穷人记得你／与你并肩战斗的兄弟们记得你／全区人民都会记得你／你无愧是——／壮乡儿女中的一块好钢!

4. 久居客乡变故乡。我爱岭南的红土地,我们已将根深扎在这块土地上。依靠着勤劳、善良、真诚、宽厚,分享着、丰富着、创造着第二故乡的乡景、乡亲、乡音、乡味,那是包容的、融洽的、和谐的、舒畅的。

5. 我的故乡在远方,我的故乡就在眼前。

6. 人,要有一种精神;诗,要有一种意境,如水似泉,是大自然的再现,是人文精神的升华。

7. 人是万物的精灵,诗是文化的精魂!

宇宙从混沌发端,循道而行,生命从日月融合起源,顺德演替。道德开启万物玄关。人们一般认为,物质和反物质就像天使与恶魔。万物与我为一,宇宙与我并生,宇宙无我而不得,我无宇宙而何存?

知足常乐是健康长寿的生命密码。

翠柏凝霜,亲人断肠;寒鸟泣涕,长跪哭语……告慰我祖,敬献心香。

读《虎将刘永福》：虎虎生威

内容简介

《虎将刘永福》是广西壮族自治区著名作家、钦州市作协主席谢凤芹近期创作的一本传记文学，是作家花了大量的时间和精力搜集资料，采访多位刘永福、冯子材研究人员，经过一番艰苦努力而创作出来的一部精彩作品，客观真实地记录了近代民族英雄刘永福传奇的一生，尤其是1883年率黑旗军参加中法战争，屡次大败法军的传奇故事，是一部崇尚英雄、歌颂英雄的传记文学作品。

推荐理由

刘永福亲率黑旗军，有勇有谋，英勇作战，曾在1873年12月24日在河内郊外的纸桥与法军开战，击毙了法国主将安邺等人，取得首战胜利。后来刘永福在1883年5月6日又率领黑旗军三千人挺进河内，发挥近战、夜战的优势，诱敌深入，使法军腹背受敌，陷入重围。这一仗打死法军总司令李威利及其军官三十多名，打死法军士兵二百多名，缴获法军的军械弹药无数。刘永福是近代涌现出来的抗法民族英雄，名垂青史，令人敬仰！

钦州作为拥有刘永福、冯子材两位民族英雄的城市，是值得自豪的城市。正如作家谢凤芹所说："在一个城市的精神图谱上，英雄是最耀眼的标识；在一个城市的天空中，英雄是最灿烂的太阳。珍惜英雄，就是珍视城市，珍视民族未来。"所以，推荐这部弘扬英雄文化、弘扬英雄精神的著作，对于而今大力宣传英雄，崇尚英雄，敬仰英雄，以英雄为荣，以英雄为榜样，努力实现中华民族伟大复兴的中国梦，具有深远的历史意义和现实意义。

精彩书摘

1. 为了达成愿望，每次行船，刘二（刘永福）都认真地观察河道中的急流缓滩、漩涡、水口，对河道的深浅、宽窄、湾环早已经默熟在心头。

2. 此时太阳已经升起来，新的一天开始了，黑旗军沐浴着朝阳，鸣金收

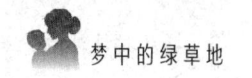

兵，雄赳赳气昂昂开进了左育。

3. 各路大军乘胜追击，连下屯梅、观音桥、船头、朗甲。喜讯传来，举国欢呼！镇南关大捷与谅山大捷，终于以中国军队完胜写入世界战争史，成为近代中国百年痛史的一抹亮色！

4. 刘永福能够立身扬名，就是因为他讲忠义、守信用、有恩必报，想到皇上有恩于自己，便想着要好好报答。于是，他刚回国就到南宁报备，希望留在南宁为国效劳。

5. 刘永福也不谦让，端正地握起如椽大笔，一挥而就，宣纸上定格出一个别样的"虎"字。这"虎"字造型奇特，走笔疾风，尽显百兽王者风范。最特别之处就是虎头上的两个圆圈像极了虎的两只眼睛，虎身浑圆，如"虎"字连笔的大小两圈，虎尾中间一笔直拖强健有力。

6. 他心中有梦，训练好黑旗军，当国家有需要时，可以随时上战场，并且战之能胜。

7. 四十五年后，国歌歌词作者、一代戏剧家田汉在参观三宣堂时，被刘永福的爱国情怀感动，欣然命笔，写下了："古越崇雄有故枝，渊翁风骨自雄奇。守台岂敢辞金印，抗法争先举黑旗。垂老不忘天下事，岁荒常恤里人饥。至今龙眼飘香处，犹似将军系马时。"华彩诗句，高度概括了刘永福伟大的一生。